U0001949

煙街

沐羽——著

在整個地球上，無論在甚麼地方，當人們睡著了，在他們的頭腦裡就會迸出一些雜亂無章的小世界，它們像浮肉一樣，長得非常大和快。或許存在這樣的專家，他們知道其中每一個單個的夢的意義，但誰也不知道所有的夢加在一起意味著甚麼。

——奧爾嘉·朵卡萩，《收集夢的剪貼簿》

目次

推薦序

我們臉孔的巨大素描

張亦絢（小說家）

我非常喜歡《煙街》——不只是一般的喜歡，還是私心深深地喜歡。

在進入正題之前，讓我先說幾句不那麼重要的閒話。沐羽的這本小說裡只要提到「昆德拉」，都寫「法國的昆德拉」——我反射性地「咦？」了一下。回過神來才想起，昆德拉的《緩慢》我根本是看他寫的法文版，他用法文寫小說是老早的事了。只是不知怎地，將他等於布拉格的記憶還是過於頑強。昆德拉本人確實很長時間，都希望被當成法國作家。如果我的推測沒錯，某些台灣讀者，應該多少還是會保留著「昆德拉等於捷克」的最初印象。

跨語跨境與痞起來的頑強生活者

作家的跨語與跨境是專門的研究領域，著名例子如納博可夫或小泉八雲、晚近有李琴峰。在台灣，雙鄉經驗，大概以來自馬來西亞的作者的可見性較高。「也是香港也是台」的小說家，在近幾年來，有異軍突起之勢。其中作者有才氣極高的，也有悲憤能撼人的。《煙街》不止於此。

誠然，在某些沐羽的句子裡，我們感覺他與歷史短兵相接的扭打力，幾乎不輸寫出《少年來了》的韓江了。但他痞起來的那種低迴，我還真說不上來像誰——也許跟黃崇凱與陳栢青有得比。沉穩細膩的面向，又會讓我想到連明偉與賀淑芳。他也是在結構與節奏上，準度非常好的作者——而我覺得，不會被概念架空，絕對不完全丟下生活——無論那生活變得多麼黯淡悲涼，這類誠意，倒是更像鄭清文——儘管時代與文風是不一樣了。

〈你可以抬起頭來了〉是其中比較小品的：男記者柯梓無意發現自己所寫文章面世所賴的是廣告費，而非文章本身的價值。頹喪中，更加用「掌握女人胸部」一事作為慰藉。洗頭時，即使沒戴眼鏡、臉蒙白紙，還拚命想像美髮師的胸部。一旦絕望到底，柯梓就會開口想約女人。柯梓像「自動鋼琴」一樣「好逑」，但透過女體忘憂的電路，如今已時常短路——作者如何從一個古老的「乳房可救贖」神話中，切分出毫不容情的新寓言，這裡面頗有「反向王定國」的意味可觀——兩者都瞄準資本主義下，真實關係與價值的喪失，但沐羽顯然不認為有王定國式的「女神菩薩」存在。「搞性如搞笑」的場景，筆法可說相當老成，也使小說的眉目「猙獰卻可信」。

兩個人的危險小天地與旅行瘋狂

許多篇小說都是以最簡單的戀人或夫妻關係為基本組成。阿嵐與薇希在〈為什麼靠那麼近〉中，阿嵐才要確定定居台灣。〈製圖〉裡，阿嵐已經成為「來台港人小前輩」。〈為什麼靠那麼近〉是以薇希的視角看阿嵐——不太美化關係。薇希用機車載阿嵐時，「不只一次想把他從後座甩下去」，在台灣女友眼中，阿嵐嗜睡、不夠真誠，問他一個字的廣東話怎麼說，他雖然有時會說，但更想「逃開」，有時甚至沉默。在這樣的戀人關係中，阿嵐的「半夢半醒」，是很典型「移入者」的「適應前期」。決定結婚前後，圍繞「六百萬」如何牽動伴侶關係的描述，寫得清淡，但已足以揪心。

維繫〈在裡面〉一對香港年輕夫妻的，主要是「去日本」。「我半年去一次日本」——是阿傑對「你最近好嗎？」的答案。日本等於快樂，而香港整個不快樂。到了〈亂流〉中，沐羽給了香港人變本加厲的旅行上癮，另一個名稱：「壓力性旅行上癮」，代表者是弟弟失蹤後的廷璋。「壓力性旅行上癮」聽起來平和，說得直接點，應該是「瘋狂」。

恐怖得像許多笑話

〈亂流〉與〈製圖〉都偽稱觸碰「香港作家」的命題。〈亂流〉共有十二節，運用了笑話、AV男優軼事、綜藝跟拍節目、引言、格言體、祭弟文——種種想像不到可以相遇混合的素材，本質是詩的——在重複與變調中，層層逼出香港式恐怖。

什麼是香港式恐怖？就是它的恐怖還未具有足夠的歷史形構，即使意識上知道存在，但意識上無法看見——因此只能透過觀看過往的災難與屠殺遺跡，替代性或如通過儀式般地接近。這裡面可以與台灣白色恐怖文學對照的研究，應該不少。如果〈在裡面〉中的旅行，是確保可以置香港在身後地自由與快樂產生聯結，〈亂流〉中的旅行，香港已經是「身後」了，是某種持續性的死亡——如同小說裡寫的「一切快樂的事通通都過去了」。

儘管如此，〈亂流〉仍未墮入絕望，而是強悍且嬉笑怒罵地，不對死亡別過頭去。〈製圖〉由兩條線構成，第二條線的「抵達的目標」，要一直到最後幾頁才浮出。與〈亂流〉中的「香港的世界化」有所呼應——有趣的是，阿嵐作為始作俑者，已在表面與它失去聯繫。而「用劃線紀錄人物筆記本狂熱」看似「無聊的遊戲」，將因為巧合而在另一處從新開始，到最後使觀者「全都看見自己臉孔的巨大素描」。這裡呈現作者、作品與讀者之間「生產線斷裂」，不需一以貫之，有許多值得討論之處——不過，除了震撼，它畢竟是比較明晰的。所以，我想多談一點〈製圖〉裡的第一條線。

手足不是condom：倖存者的真實與自由

前面幾篇中出現過，傷痕累累的香港人，有幾個還是來到了台灣。馬哥介紹子朗給阿嵐，說「是手足」。但說到子朗當夜是否可以借宿馬哥家時，因馬哥有約會在先，立刻直言：「不行，手足不是condom。」

後來子朗住阿嵐家時問阿嵐，最想念香港的什麼食物。阿嵐想了很久，答案卻是「都是些藍店*。」

這兩個莫大反差，寫得非常之好。手足聽來多麼神聖，但仍要「嚴正地」拒絕——這是肯認倖存香港人的生活意願與利比多。「藍店」作為答案，初始令人大吃一驚。小說沒有多做說明，阿嵐不能很快接話，回答時說到的也非食物或店名，只概括為「藍店」——但在他記憶中，那些食物與店名，想必存在。從這裡也可以看出，沐羽在處理香港人記憶一事上，絕不流俗廉價的一面。在政治現實層面，藍黃的敵對一定存在。但在記憶上，有不堪有羞恥有矛盾衝突與不能一致，才是完整的真實。阿嵐「不以自我檢禁」的回答，既是深層自由的徵象，也進一步暴露了「香港記憶」情感面的艱難與複雜。

藍店：二〇一四年香港雨傘運動間香港分為黃絲帶（親民主）及藍絲帶（親政府）陣營。藍店即為親政府店鋪。

青春來告白：跳脫紀實綑綁的暗戀這些年

〈永遠與一天〉在這集子裡，也有特殊重要性。如果〈亂流〉針對的是香港整體情勢，〈永遠與一天〉則聚焦於黑警暴力對青少年濫權的主題上。在香港一連串抗爭中，有如此多年紀尚輕的男女採取行動而傷亡，這是非常罕有的現象。小說並不自我窄化為控訴的工具，無論少年暗戀或與情敵化為革命情感的故事，或是青春熱情與煩惱的中心——告白，沐羽寫來，都既能力透紙背，又有最好的戲劇所具備的客觀距離。不得不又提起大江健三郎的〈十七歲〉，儘管兩者取樣對象與抒發主題，差別甚大，但令人同樣激賞的，是在掌握主角性格動線之時，都能得其神髓。在這篇跳脫紀實綑綁的小說中，作者有如取得諸多事件的魂魄，令三魂六魄都再度激盪出巡。

這是關於香港的小說，無庸置疑——然而，讓我借用與改寫〈製圖〉裡的那句話，小說《煙街》更是——「我們臉孔的巨大素描」。

推薦序

一種少數文學的逃逸

謝曉虹（作家，香港浸會大學人文及創作系副教授）

據說香港浸會大學校園曾有個煙霧瀰漫的角落，是人文學科高材生的聚腳點，一個真正學識與才智交流的秘密處所。借由從規範到非規範空間的精神與身體轉移（蹺課），再配合在校園抽煙這個非法的手勢，一個逃逸的共同體於焉誕生。

沐羽想必是這個團體的靈魂人物之一。我有幸和沐羽在同一年加入浸大的人文及創作系，但作為受僱的教師、大學體制的一部分，我自然沒有機會見識到這個團體的真貌。只是，我感覺沐羽的《煙街》所反覆講述的，正是這個神話的前傳與續篇。小說集時時出現一個（男性的）群體，借由在學校天台、酒吧，或在革命潰散疫症流行期間轉為虛擬線上，以共享抽煙的時光，來蹺一堂更巨大更令人窒息的課。

《煙街》是一本關於逃逸的書，以抽煙、戀愛、旅行（逃亡？），並同時警覺這些動作一旦僵化成慣性，便會像浸泡太久的公仔麵般變軟發臭，日常訊息輕易就能淹沒手機上待機的富士山畫面。如是，〈在裡面〉的男主角阿傑重複聽見一扇門關上的聲音，逃逸路徑還沒跑上幾步就被堵上，成為再疆域化的封閉結構。

逃逸不僅是主題，沐羽非常清楚，寫作本身就是組織逃逸路線。「文學就是語言的口音」（見本書〈跋〉）。德勒茲和瓜塔里在《卡夫卡：邁向少數文學》裡說：「寫作是在自己的語言裡成為異鄉人。」[1] 文學的使命是要在主要的語言裡構成少數，脫離疆域。

張歷君早在○五年就以「少數文學」的概念討論過香港的語言處境。正如布拉格的猶太人「不可能不寫作，不可能用德語寫作，但又不得不用德語寫作」：

當香港學生不得不以標準中文書面語寫作，但又只能以粵語在心頭誦讀自己寫出來的文字時，他／她所面對的難道不正是這種尷尬的語言解域化狀況嗎？[2]

他進而論析韓麗珠小說的特色，恰如卡夫卡，正是「把語言一點點推進乾枯的沙漠的解域過程」。不過，從香港人的書面語到韓麗珠的小說語言，其間仍有著跳躍式的距離。正如雷諾·博格提醒我們，少數語言族群與實驗作家之間存在著明顯的差異，德勒茲和瓜塔里把前衛風格和少數族裔政治綑綁在一起的讀法，是要突出現代主義並非孤芳自賞，反倒是充滿政治能量。[3] 韓麗珠小說呈現的那種「少數」特徵，是規範書面語的一種誇張變形，是一種把紙面中文與日常疏離的狀況推到極致的實驗。

由「在主要語言的內部建構少數」[4]這個定義入手，少數文學是一個寬廣的概念，足以讓德勒茲與瓜塔里涵蓋風格迥異的作家。相對於與日常疏離，沐羽混雜流行語句、廣東話及粗口的文風，是另一種破壞語言主要用法的策略。

《煙街》最長的一篇小說〈亂流〉是一個明顯的例子。這篇以第一人稱寫成，語調帶著悲憤、戲謔以及內疚的獨白，講述了「我」以及朋友們在反送中運動期間的遭遇。好些日常語句——「待會見」、「管好你自己的事」反覆出現，但每一次重複，字義都被語境的壓力改變。這些語句初見如熟悉的人臉，卻在敘述中成為〈變形記〉裡的格里高爾，漸漸變向他物，在最顯而易見的語義中遁走。〈亂流〉的敘述者說，香港人「想團結想搞革命，想生活充滿高潮」，但「沒有人知道高潮以後怎麼辦。」「張國榮說，不如我們地由頭來過。於是所有人都從頭來過，跟著高潮走。」

但〈亂流〉講述的偏偏是一個革命高潮被冰水淹過的時刻，而敘述者幾個好朋友的左眼、右腿和肺功能都已經被毀掉了。如果敘述無法「由頭開始」，便只能朝著「返唔到轉頭」的方向走。正是在此一背景下，沐羽鋪展了一條綿長的敘述通道，一條語言的逃逸路線，喊出了帶感嘆號的所指迅速崩裂的「香港！」。借由語言的狂奔，小說讓我們看到一個社會制度瓦解的時刻，也是固有的「發聲集體裝配」得以鬆動拆除的時機。

哈維爾在《無權勢者的力量》中生動地描述了一個蔬果店大叔在其櫥窗上貼上標語「全世界工人階級，團結起來！」時，這句話如何在後極權社會裡運作。賣菜大叔和大部分人一樣，不見得相信宣傳語，或會去細想它的真正意涵。他們這樣做只是順從國家要求，以及社會運作的慣性，以避免惹上麻煩。這句話取代了大叔內心真正的想法：「我怕得要死，所以不敢多問，絕對服從」。[5] 也就是說，語言的運作機制，在此不是指涉性的，而是使社會法規得以暢順運轉的一個儀式，並同時隱藏了權力的威嚇性質，以及它和市民之間的真正關係。以德勒茲和瓜塔里的術語來說，宣傳語句可以看成是「發聲集體裝配」的一個部件，與律法、執行機構等等一同運作。在他們看來，與各種行動組成的網絡互動，維持秩序（而非溝通），其實才是語言更普遍的作用。

沐羽的小說深刻地意識到語言作為宰制結構的一部分，維持秩序、壓抑創造能量的特質，因而他筆下那些失敗的愛慾故事，總是和一種僵化的語言狀況深深扣連。〈你可以抬起頭來了〉的記者被包覆在一個由市場操作的世界裡，他筆下的文章必須經由廣告部的同事標價才能發表。他的日常就是與各種無意義並具有遮蔽性的符號打交道。他和朋友在社交媒體上互發愛心——「愛心總比哭哭與生氣好，因為沒有人知道我在想甚麼。」在必須戴上口罩、保持社交距離的疫症期間，溝通的不可能進一步被強化。記者只有在無意識的性慾勃發，放棄語言的片刻，才能在所有被堵的路上突圍。然而高潮過後，一切又回復常態，肉身之間的距離遙遠如昔。

作為一種維持日常秩序的零件，語言最好就是「無關痛癢」，不去揭破長在皮膚底下的膿瘡。（〈在裡面〉）反過來說，當〈為甚麼靠那麼近〉的薇希不肯輕易接受同學們用「一部共用的辭典」，以「無關痛癢」的詞彙描述出來的阿嵐，而是去追溯他做愛時帶口音的下流語句，愛情才變得可能。〈十九根〉是一篇有關「約炮」的小說，但「我」慾望的滿足卻一直被女子的喋喋不休所延遲。失戀女子通過反覆敘述她虛構的流浪故事，來取代真正的流浪。這次約會對「我」最具啟發性的大概是：既然虛構能夠創造性地生產逃逸路線，它也可以取代流動的性慾，性行為到最後便可有可無。

《煙街》寫於二〇一九至二一年，我深信香港的抗爭經驗不單是沐羽必須處理的題材，同時也啟發了他對文學創作的看法。在這本書裡，語言有時被寄望為燃燒彈，可以遠遠地投擲出去，延續革命的力量。〈永遠與一天〉的敘述技法就如布置一枚線路複雜的計時炸彈。小說主角李浩賢繼承了父親的遲緩與悠長的沉默。這個中學生在手機裡長年積存的草稿，壓抑著未及說出的情話，正如敘述對於一天的無限延宕，終於在他參與社會運動並慘死於警棍之下，錯失告白機會以後，發揮了爆炸性的威力，使他所愛的女孩「無可救藥地長成了一座火災中的森林，四野八荒地蔓延」。〈製圖〉裡的香港人阿嵐在台灣落地生根，終於遺忘了自己在運動過後所描畫的一疊敘事折線圖，但其中「一段殖民地走到末端的紀錄」卻被某書店店長發現，「一聲臨終吶喊，一次硝煙卷起的暴風」終於抵達它的目標，讓看見的人「被內外翻轉得血肉模糊」。

張歷君通過少數文學「逃逸的政治」來捕捉回歸後香港特殊的文化和政治抗爭狀況，例如以七一為標記的「無名群眾」如何在不存在「大師」的情況下，最大地發揮了自己的創造性，以及「融入到一個共同的政治行動中」。[6]在二〇一七年，一次研討會的講評中，他再次提到：

難道我們真的不能說，「某種『對主要語言的少數運用』，已然內在於我們這一輩後九七香港文學作者和評論者的無意識裡」？[7]

只要思及二〇一九年「無大台」、「遍地開花」、「如水」的反修例運動，張歷君有關「少數」之於香港政治文化的讀法，確實是一種先見之明。當日的抗爭絕非「只是曇花一現的、微不足道的偶然爆發」。

時局急劇變化，不少的香港人已成了流亡的族群。生活在台灣的沐羽，說自己連廣東話也歪掉的他，對於作為語言的少數，顯然有更複雜的體會。本來就不確定的「原鄉」和「母語」，如今變得更為曖昧難辨。沐羽在〈跋〉裡說，「做香港人」「意涵如水，每日變幻」。《煙街》所寄託的鄉愁，顯然無關一個可供回去的原點——「大佬啊，難道香港作家每篇文章都得寫天台和劏房不成？」（〈亂流〉）。相對於香港，校園裡的抽煙角落，或者更接近一個理想的原鄉。然而，當我們想要把情意綿綿的鄉愁讀進書名「煙街」，書翻到最後卻讓人不禁失笑——「煙街」或者不過是一個壞掉的廣東話，一個帶口音的「應該」。如是，此書的標題已讓我們同時遭遇到鄉愁，以及滑稽的誤會，一個悲喜劇的場景，一次對語言的去疆域。

語言的邊緣從來並非詞窮，語言的邊緣是被兩個中心夾著的剝落狀態。

「我有一個口音，」阿嵐寫道：「我的口音不是我的。」（〈製圖〉）

少數文學，並非少數族裔文學，指的不是族群認同，而是開發新的逃逸路線。「香港」從來就不是一個穩定的能指，而是多數內部的一個少數變異，並在二〇一九年把它潛在的革命力量推到了極致。香港人已「返唔到轉頭」，但〈製圖〉最後的場景卻充滿烏托邦的色彩。在香港難民？移民？阿嵐所製造的眾多敘事折線圖前，「聚集了成千上萬」，「不辭勞苦遠道而來」的人：

據說去到那裡的人，不問國籍出身，不論背景和學養，全都看見了自己臉孔的巨大素描。

《煙街》是一本令人振奮的書，因為它夾帶著語義變裂猶如驚嘆號的「香港！」出逃，並繼續吶喊召喚一群尚未來到的人民。

二〇二一年十一月一日

1 Gilles Deleuze and Félix Guattari, *Kafka: Toward a Minor Literature*. Trans. Dana Polan, Minneapolis and London: University of Minnesota Press, 1986, p. 26.

2 張歷君：〈少數文學，或不為「承認」的鬥爭〉，《獨立媒體》（2006-02-20）：原刊於《文化研究月報》第五十三期（2005年12月）http://www.cc.ncu.edu.tw/~csa/journal/53/journal_park415.htm

3 雷諾．博格（Ronald Bogue）著，李育霖譯：《德勒茲論文學》，臺北：麥田出版，2006年，頁202-204。

4 *Kafka: Toward a Minor Literature*, p. 16.

5 哈維爾（Václav Havel）著，羅永生譯：《無權勢者的力量》，香港：蜂鳥出版有限公司，2021，頁33。

6 同註2。

7 張歷君：〈語言的外在與視差的反思：香港文學和香港文學批評的外邊思維〉，見《虛詞》（2019-05-30）https://p-articles.com/critics/827.html；原刊於《我想文學：第十一屆香港文學節研討會論稿匯編》（香港：香港公共圖書館，2017），頁121-133。

體例說明

本短篇小說集為尊重創作者原意，書中香港詞彙、用字按創作原文保留，不另編修，特此說明。

在裡面

水煮得不夠多，阿傑用筷子壓著上面那塊麵餅，在水泡上一下接一下的施力。客廳沒有開燈，阿靜的手機放在流理台上，每隔幾秒就彈出新訊息，把待機畫面的富士山照片逐漸遮蔽，但她雙手只垂在身側，默默地看阿傑煮麵。有時阿傑會忍不住瞄她的屏幕，都是不認識的人不認識的群組。阿傑壓著麵的筷子更用力了。

調味包和兩個湯碗放在靠近阿靜那邊，但她還是沒有動作，他的鼻孔就噴出一團氣。回家到現在已經五個小時，她的臉還是一直臭著，也許她想讓阿傑瞄她的手機也說不定。「但這又有甚麼意思？」阿傑想，

「都是些公事。」電視在客廳裡一直開著，無間斷地放著日本綜藝，他們聽不懂完整句子，只有節目主持們的「nani？」、「hontōni？」、「hea——」持續不斷地在耳邊環繞。阿傑想，其實阿靜跟他一樣都在等對方去關掉它。

撕開調料包時阿傑不小心太用力，粉末就灑在流理台上，阿靜趕忙拿起手機。

阿傑說：「對不起。」

阿靜說：「沒關係。」

他就把調味料放進兩個碗裡。一碗多，一碗少。

阿靜說：「今天面試了一堆剛畢業的大學生，差點被氣死。」阿傑說：「是嗎？」他甩了甩小塑膠袋，用筷子夾著把最後一點都擠出來。阿靜滑著訊息群組：「有些連自我介紹都沒準備好，有幾個甚至連自己大學的英文名字都唸不出來。還有個說自己長處是打機，我真的受不了。」阿傑把麵條翻來翻去，差不多全軟化了。兩塊麵餅鬆垮垮地混在一起。

「老闆說這個星期一定要請到人，不然計劃都搞不下去了。」

阿傑說：「請我啊。」

阿靜解鎖手機，姆指在群組上下滑了幾次又關上。她問：「甚麼回事？」

「甚麼甚麼回事？」

「沒事。」

阿傑想著，如果去年那回事沒有發生，現在會怎麼樣？那時他們參加了他高中同學的婚禮，新郎新娘中學就認識了，都是高材生，升讀同一所大學後男生表白。婚禮的消息在中學同學群組裡哄動一時，有些說想不到阿謙跟莉莉真的會結婚，有些又說早就想到。那時阿傑在群組裡想說些甚麼又說不出來，想到想不到他也沒甚麼意見，他說：「恭喜。」那時，他與阿靜已經結婚一年，婚禮沒邀請任何一個中學同學。阿傑感覺自己身後關上了一扇門。

中學時期的阿傑像本延伸閱讀書單裡的課外書，如非必要無人願意問津。那並不單純是過氣或合不合群的問題，阿傑身上像瀰漫了一層迷霧，似是在場又似不在場，無法打開，即使打開也是一片混沌。他似乎並不屬於這個空間。有天老師點名，「陳子傑來回答這題。」但當他的目光從點名紙上移到人群裡時，卻不知如何定位，因他忘了阿傑坐在哪。阿傑也沒有回答問題。僵持了十多秒後，才聽見阿謙的聲音：「老師，阿傑沒來學校。」甚至沒有人竊笑。

那是臨近公開試的最後一年，當所有應屆考生都咬緊牙關拼命複習時，阿傑有自己的方式。首先是遠離人群，其次也是遠離人群，其三是自己設計筆記。把重點列好，畫出表格，列出時序表，分重要次要部分，如是他每天在學校小吃部邊吃邊讀，每天吃加兩匙調味料的公仔麵。起初阿傑以為只是久坐才痛，後來發覺右邊屁股連著大腿的肌肉長了一顆膿瘡，連坐都坐不好，只能把重心偏向左邊。到最後實在不行，父母就把他送院開刀。醫生說：「公仔麵味精多，不能多吃。」躺在醫院他盯著天花板的燈泡，想著考試究竟是為了甚麼。一星期後他出院，回到學校裡也沒人問他發生甚麼事，只看著他一拐一拐地走路，一路走出視野之外。

阿謙原本是堅持出校園吃午餐的那派，因為小吃部的食物在他眼中跟廚餘沒甚麼分別，不過從入院事件過後他就留在學校跟阿傑一同午餐，似乎對他很有興趣。阿傑依然吃著公仔麵，但調味料再也不敢加那麼多。他想著，可能那膿瘡仍在裡面，但至少不會突破表皮。那樣就足夠了。

那段被一般學生看作是最後衝刺的險惡時光，其實阿謙與莉莉緩步跑都能抵達一流大學。於是阿謙每天中午替阿傑複習，偶爾莉莉也會來。替人複習是種鞏固自身知識的方法，直到考試之前，阿傑覺得自己被當成練武用的木人樁，被修練那只有阿謙知道內容的獨門武功。

然而阿傑那時已完全脫疆，他開始沉醉在設計讀書筆記上，複習這回事從內容滑移到形式，筆袋裡的顏色筆越來越多，直尺、美工刀、剪刀、圓規漸次出現。數年過後，當同學們訝然發現有個二十多萬人追蹤的Instagram帳號居然是由阿傑經營時，他們並無察覺，早在高中時期阿傑已通過讀書筆記的設計方法和高中生活的兩格漫畫搜刮了上萬粉絲。是阿謙與莉莉建議他去讀設計的，當他回過神來時，已拿著半死不活的成績與亮眼的社交媒體經驗被大學設計學院破格收錄。收到錄取書時，阿傑感覺自己身後關上了一扇門。

那段日子適逢廉價機票的盛世，幾乎每日每夜都能看見機票網站的廣告攻勢或同學正身處台灣日本韓國，那時阿傑開始染上日本癮。那本質上與煙癮賭癮無異，為甚麼有煙癮？因為抽過一包煙；為甚麼有賭癮？因為贏過一次錢；為甚麼有日本癮？因為去過一趟。阿傑持續不斷一邊上課一邊趕設計案子，賺到的錢存了一點，剩下的就用來半年去一次日本。有同學說，壓力大趕不完案子時會每天抽兩包煙，阿傑說，壓力大趕不完案子我會帶去日本做。喝日本生啤，抽日本香煙，吃拉麵吃壽司吃海鮮，看寺廟看高塔看大海，坐巴士坐火車坐免治馬桶，跟著網上評論去隱世小店，又在 Instagram 裡放照片與粉絲分享。在京都金閣寺前閒逛時，他甚至想到，如果這空氣能帶幾箱回香港就好了。但事實上，在那裡他一句話都聽不懂，但他能認定，這就是快樂，比在香港任何一處都快樂。

那快樂幾乎支撐了他的生活，如果生活這東西確實存在的話。他開始將日本元素加進自己設計的文案與漫畫裡，也如是認識了副修日本研究的阿靜。她是生活裡一杯解渴的啤酒。她有一襲烏亮的長髮，喜好穿露出光潔小腿的長裙，那時他們在課堂上坐在一起，他會打趣地喚她「文青妹」，她的穿著風格，閱讀的日本小說，在網路上放的照片與寫著愛好旅行與自由的圖片描述，讓她看起來就像個典型文青妹。而阿傑本身，也許就是阿靜喜愛的那款，頗有才華也熱愛日系的設計系男生。當他喚她文青妹時，她的耳垂會染上粉紅，而非當其他人這樣喊她時的面色一沉。阿靜在主修課程裡不怎麼認真，常常溜出來跟阿傑約會，但副修的日本研究一節都沒蹺過。那陣子她經常調查日本有甚麼秘境景點，翻查歷史又讀相關作品，儼然即將移民或去工作假期的事前準備。在某家酒吧裡，當他們第三次在深夜約會時，酒量頗淺的阿靜雙頰緋紅：「我在你眼裡看到好遠的地方。」他們早已忘了那晚究竟說了甚麼。他們牽著手上時鐘酒店，他撫著她的長髮，褪去她的長裙，破曉時，阿傑穿上褲子，感覺自己身後關上了一扇門。

與中學同學斷絕聯繫的阿傑也沒想過，某天阿謙會忽然約他出來喝酒。那是大三，他跟阿靜在一起之後已過一年。在諾士佛臺的酒吧裡，阿謙盯著酒單看了很久，最後看了阿傑選哪一杯後，才選了酒單上旁邊那杯。結果來了一杯黑啤一杯麥啤，阿謙讓阿傑先拿才慢悠悠地伸手。他說：「最近我發現了中學同學聚會最討人厭的三個問題。」阿傑想，自己沒有跟中學同學聚會過哪怕一次，他說：「最近工作怎麼樣？」阿謙啜了一口啤酒，不動聲色地皺了皺眉：「還有最近好嗎和記得我嗎。」

阿傑頓了一頓：「記得我嗎，最近好嗎，工作怎麼樣？」阿謙噴笑出來，然後說：「我這學期都睡學校公園裡，回家太浪費時間。我提前修了兩門碩士生的課，還修西班牙語，最近校工阿姨開始認得我了，晚上都會幫我帶條毛毯。」他喝了口啤酒，阿傑點起一根煙。「莉莉有次叫救護車把我從公園送到醫院，原來我昏倒了，醫生說我血糖過低。那星期我有三份報告，連飯都沒時間吃。這煙好抽嗎？」

「也沒甚麼好不好抽，就抽習慣了。」阿傑說，發覺自己沒甚麼好回應的。那並不是他理解或感興趣的生活。於是他問：「莉莉好嗎？還記得我嗎？最近工作怎樣？」

「她提前修完了學分，現在在考慮要讀碩士還是找工作。我們沒談起過你，但她應該有按你 Instagram 讚，你最近好嗎？」

「我半年去一次日本，最近開始和女友一起去。」阿傑拿出手機，滑了幾張一同在日本旅行的照片，在裡頭他在建築物前擺的姿勢像個白痴，她倒是很會擺姿勢，徹底融入了日本風景。「大學同學，阿靜，她修人力資源管理，副修日本研究。說來好笑，她和我一樣一句日文都不懂，但反正副修應該只要熟悉歷史和文化就好了吧，我也不知道她在讀甚麼。就是那樣，生活很普通，沒甚麼好說的。」

「普通，是嗎？」阿謙問，笑了笑：「普通嗎？」

「如果用中學那時的生活模式去想，我猜你才普通吧。」

阿傑回想起高中住院那個星期，與阿謙比較熟絡也是那之後的事，後來被建議開一個社交媒體帳號後，好似就越來越無所不談了。後來發生甚麼事了？他怎麼想都想不起來，為甚麼進大學後就沒再聯絡呢？原來那一切只持續了半年，阿謙到底有沒有練成甚麼功夫？阿傑說：「其實最近蠻糟的，之前跟她在日本喝得蠻醉，之後她晚來了兩個月，那時也不知道怎麼辦，就一直等一直等。」阿傑說，臉上有點尷尬，又點了一根煙。「後來她又按時來了。」阿謙的表情在煙霧之後，大概介乎驚訝與好笑之間，直到現在阿傑都無法解讀那個表情，那表情裡面的思緒像隔了一整個海。等阿傑再吐出一口煙霧後，阿謙說：「我們還沒做過，想留到結婚後才做。」

「蠻厲害的。」阿傑叫來侍應喊了第二杯黑啤酒，阿謙還沒喝完半杯。阿謙說：「我猜畢業後兩年吧。真羨慕你。」

阿傑說：「有甚麼好羨慕的？」

事實上，阿謙差點畢不了業，那年他的胃不知道爆發甚麼疾病，又再躺了半年醫院，聽說莉莉每天都去照顧他。阿傑是事後才得知的，那晚過後他們就像之前那樣沒有聯絡。阿傑感覺自己身後關上了一扇門。他依然不知道為何阿謙會約他出來，之後再見，已經是婚禮了。但他並不在乎，還是持續不斷一邊上課一邊趕設計案子，賺到的錢存了些，剩下的就用來支撐半年到日本一次的生活與跟阿靜約會上。出版社與旅行社找他出書，讓他寫一本日本旅遊天書，他就跟阿靜合作寫了《漫畫深度圖解日本京阪神旅遊究極攻略》。後來幾年圖書館公佈成人非小說類借閱排行榜，他的書總是名列前茅。那時，他衷心覺得自己完全屬於這個時代。

畢業過後阿傑覺得，這樣的生活似乎可以安定下來，而且他們在眾多地方上都志同道合，連合作出書都捱過了，其他的事還有甚麼不可能呢？阿靜同意了。從那時開始，他們戴上婚戒，租了房子，兩房一廳，櫥櫃放滿公仔麵與米，書櫃清一色塞滿那本旅遊天書，有朋友要來就送他一本。

阿靜花了三個月找工作，從影像媒體到出版社，面試當演員又面試旅行社，金融物流銀行地產都嘗試過，最後進了普通辦公室當人力資源管理。當她回家說：「耶，找到工作了」時，眼神已失去任何笑意。期待這回事跟愛情一樣都像茶葉，泡得越多次就越淡，或是像公仔麵，泡得越久就越鹹越臭。阿傑說，恭喜，那時他的專頁已攻破三十萬粉絲大關。但當他與她分享時，她已習慣顧左右而言他，比如說，我好想去日本。阿傑就說：好，下次就去。

偶然會有朋友來探訪，大學同學與職場同事，抑或阿傑的漫畫家朋友等等，他們每次來都得花很大力氣打掃，離開後又得再大掃除一次。後來乾脆約在外面。有次在諾士佛臺喝得蠻醉，他們的同學說：「真羨慕你們能結婚。」阿傑把黑啤一喝而盡，阿靜說：「對啊。」富士山被同事傳來的一道又一道訊息淹沒。最初，他們每個周末都會約會，後來就懶惰了。最初，他們還會打情罵俏，後來阿靜已不是文青妹了。最初，阿傑還會以她為藍本創作漫畫，在漫畫裡代替日本出現的是他的妻。後來也不知道怎麼畫了，畢竟，他沒上過班。剛開始時，阿傑煮麵還會過冷河*。後來，門關起來了。

工作過後的阿靜開始少話，好似畢生的精力都耗費在職場上了，幾

過冷河：將煮熱的食物放入冷水降溫，再放回熱水煮熱，使食物口感更有嚼勁。

個月後她回家後不是倒頭就睡，就是躺在沙發上一動不動地滑手機，回著無窮無盡的群組訊息。最初只有零星幾個，其後越來越多，就像他們曾在日本河堤上看落日時的潮漲，毫不留情地淹過了整個海灘，把一切帶進海裡。她有時會笑，阿傑問她在笑甚麼，她說，就網路上好笑的事啊。阿傑每天畫完圖後煮晚餐，簡單的菜肉與白飯，吃完後的碗碟就堆在流理台。他有時會洗碗，但也試過故意把碗碟放在那裡，而她從未發覺。他也試過故意不洗衣服，但幾天過後還是親自動手。而事實上，他把甚麼東西放在她面前她都已喪失興趣。有晚凌晨，阿傑洗完碗碟後回到臥室，發覺阿靜已維持同樣的姿勢滑了兩小時手機。他側臥著，把身體轉向阿靜，過一陣子轉向另一邊。他說：「晚安。」

她說：「甚麼？」

阿傑說：「沒事。」

後來阿靜養成了晚餐後睡覺的習慣，無論外頭天打雷劈也無法叫醒她。阿傑就在客廳裡開著日本綜藝邊聽邊畫圖，直到凌晨十二點他就煮兩碗麵，讓阿靜拿著手機出來跟他邊吃邊看。有時她會抱怨工作上的人很煩，很想換工作，他說妳不是每天都回他們訊息回得很高興嗎？她就沉默不語。

一天下午，阿傑猛然發覺，大部分時間他都一個人待在家裡，於是他來回踱步，從房間走到客廳，從客廳走回房間，走到嘴乾唇燥，很想來一瓶啤酒，喝完倒頭就睡，但冰箱只剩肉、菜跟調味料。他看到書櫃上一整排的旅遊天書，書頁泛黃佈滿灰塵。等到阿靜回家後，他說：不如養隻寵物吧。她說，誰來照顧牠啊？他說，養隻貓應該不會很麻煩吧，她說，那是你的一廂情願。有時他會想，日本綜藝是一扇窗，但這扇窗一點用都沒有。每隔幾晚，他就會想一次，如果那時走了別的路會怎樣？而如果，去年那事沒有發生，現在又會怎樣？

阿謙和莉莉在教堂行了典禮過後，就去了酒樓晚宴。阿傑發覺婚宴裡幾乎所有人他都不認識，即使他和阿靜被安排坐在中學同學的一桌，同桌的人超過一半他都喊不出名字來。那桌的人似乎彼此還算熟絡，那些最近好嗎最近工作怎樣只對著他發問。還是有人會說，我們同事很喜歡看你的 Instagram，阿傑就說謝謝，連那人是誰都不知道。阿靜坐在旁邊，放在桌上的手機每隔幾秒就閃出新訊息，她偶爾打開回個表情符號又關起來，富士山若隱若現。在宴席開始前，每桌都早已放滿了啤酒，阿傑認得，全都是那天在諾士佛臺的麥啤與黑啤。他就給自己和妻子各拿了一瓶。

待婚禮司儀在演講台上測試麥克風時，阿傑已喝得有點茫。那時同桌的有幾個男人都有點醉意，打黃色領帶的男人抱怨：「公司快倒了。」打紫色領帶的也說：「我也快被裁了。」其中一個問阿傑在家工作的感覺如何，阿傑口齒不清地說：「就每天看看有沒有人給我弄廣告稿啊，沒有就沒事可做了。」大家說，真好。阿傑說：「好嗎？」又喝了一口黑啤。阿靜笑了笑，自顧自地喝著麥啤。

阿傑說：「之前我接了個家具公司的案子，要我幫他們業配新推出的沙發。那沙發看起來超舒服的，是一坐上去能陷下去幾小時都爬不起來那種懶人沙發。公司甚麼資料都沒給我，連試坐都沒有約我去，就叫我在 Instagram 上面畫個圖發個文。我想向他們拿資料，但他們直接已讀不回。我一氣之下，在他們官網直接複製那張沙發的廣告文案，甚麼『想怎麼坐就怎麼坐，自由自在無拘無束』啦、『享受一個人的自由時光』啦之類的，都是行貨。我就畫了自己的角色躺在上面做夢而已。在交貨之前，我故意把複製回來的尺寸全部打錯，把資料全部放到錯的位置上，但家具公司完全沒有發覺。」阿傑哈哈大笑，其他人似乎都喝醉了，不明就裡地陪笑起來。阿傑看著整桌十多個人，笑容逐漸黯淡：「如果那時有被發現就好了。」

「為甚麼？」阿靜問。

「那我做的事也有點價值。」阿傑說，向其他人說：「這是阿靜，我老婆。」別人還沒回應，婚宴司儀的聲音通過喇叭傳遍全場：「歡迎大家來到阿謙和莉莉的婚宴，我是司儀阿恆，是阿謙和莉莉的大學同學，很高興受他們邀請來到這裡，見證他們一生人最重要的一刻。」開始有侍應上菜，司儀繼續演說：「大家可以邊吃邊聽，阿謙說，今天是自由自在的一天，大家可以放鬆點，多喝點。我在大學團契認識他們時，其實一直在想的都是同一句話：『愛是恆久忍耐。』相信我們的大學同學都能理解這句話對於他們的意義，是不是？」阿傑聽到遠處的幾桌爆出低低的笑聲，像隔了個大海那麼遠。

「阿謙是我看過在大學最勤力的人，大三那年他讀到入院兩次。那年，我記得他讀了兩門碩士生的課，還有最高難度的西班牙文，是不是，阿謙？他身邊甚至連一個說西班牙文的人都沒有。」他對著台下笑，阿傑連阿謙的背影都無法看見。「莉莉則是我看過最溫柔的人，聽說從中學開始她就照顧阿謙，但阿謙一直都沒有表示，是不是？到了他讀到入院之後才發覺莉莉的好，再跟她表白。那時莉莉每天都去醫院，我沒有他的學識，但這就是『痛改前非』，是不是？」大家又爆出一點笑聲，阿傑默默開了瓶黑啤，滿腦子塞滿了是不是。阿靜伸手拿去喝了一口，阿傑瞥了她一眼。

「以前我一直以為阿謙是埋頭苦幹，甚麼都不管也不想理會的那種，只會讀書的無聊學生。後來跟他聊天才知道，他做所有事都為了日後跟莉莉在一起。他所有做的事，雖然無聊，但只是為了之後『不再這樣』。」司儀說，然後又說了一點莉莉的事。阿謙有一句沒一句地聽。同桌的人也沒甚麼興趣，自顧自地吃飯喝酒，侍應不斷端出菜來。吃到一半時阿謙和莉莉前來敬酒，他看起來已不勝酒力。阿傑醉醺醺地遞出酒瓶，邊恭喜邊碰杯。阿傑突然之間生出了一種想要擁抱他的衝動，但雙腳一踩到地上就彷彿失去了所有力氣。「該死。」阿傑想，「這地毯有問題。」他恐慌地低頭看，又回頭看阿靜，阿靜看了看新郎新娘，又回頭看他，最後還是低頭繼續吃龍蝦伊麵，彷彿這輩子沒吃過這麼好吃的東西。阿傑再抬頭看時，阿謙和莉莉已經走遠了。

阿傑一直低頭看著地毯，那是張深棕色的毯子，就像公仔麵湯汁，他嘗試用力踩它，一下接一下地壓著，不知道壓了多久，還是提不起勁。而阿謙和莉莉不知何時，已站到演講台上，他彷彿站不穩了，她伸手拿過他的麥克風：「話不多說了，真的很感謝大家今日到來。這裡有我們的親人，老師，小中大學同學，教會朋友與同事。不少人是從小看著我們長大的，我們準備了一個投影片。」

投影片從他們出生開始播放，阿傑忍不住打了個小小的呵欠，卻發現阿靜正專心地看。他才想到，他們的婚禮沒有這個環節，事實上，連十圍都沒有擺，因為他們覺得婚禮越簡單越好。投影片從嬰兒到小學，然後出現了中學時的合照，他們中一已合照了一次，兩人看起來像對兄妹，莉莉說：「那時我們連想都沒想過後來會結婚，但愛情就是磨合。我們各自努力，互相扶持，又體諒對方的不足。」照片放到中六那年，不知是誰拍下他們在小吃部複習的樣子，照片裡他們圍在一張圓桌上，同桌的還有低頭在筆記本上畫著甚麼的阿傑。阿靜笑著說：「你看起來好蠢。」阿傑傻笑著，但莉莉沒有提起他的名字，繼續播放投影片：「我們碰到很多了不起的人，很多了不起的事，我們想過學習他們，尤其是阿謙。但我們的生活卻一直維持著平凡。讀書、升學、找工作、結婚。」很快就進入大學時期，還有張照片是她在病床前自拍，憔悴的阿謙斜眼看著鏡頭。一直放到最後，都是些普通的合照，莉莉最後說：「平凡是為了日後的美麗，平凡只是過程，我們就是我們。《羅馬書》裡面說，『但我們若盼望那所不見的，就必忍耐等候。』因為平凡，反而能成就不平凡的愛情。感激你們當中的每一位。」

阿傑拍著手，轉頭看阿靜，卻發現她眼裡亮著水光。他正想問甚麼回事，同桌黃色領帶的忽然吐了出來，發出含糊不清的聲音沾滿了西裝與地毯。阿傑吃了一驚，差點也吐了出來，他把喉嚨的異物壓下去正想幫忙時，想起身上這件是他唯一一件西裝。有幾個人架起了黃色領帶把他抬到廁所，紫色領帶捲起衣袖扶著黃色領帶，但袖子卻不斷掉下來，內內外外沾滿了嘔吐物。阿傑想：「再過一陣，可能我就能站起來了。」但到了散場之前，再沒有讓他站起來的機會，更多喝醉了的人開始鬧事，他們高叫著「洞房！洞房！」過了一陣嫌不過癮，又叫「生仔！生仔！」阿靜到離開之前還是不發一語，她把手機收進手袋裡了，他們一瓶啤酒接一瓶啤酒地喝著，彷彿喝下了一整個大海。半醉半醒間有人拿了那本旅遊天書給他簽名，他指著阿靜說：「她才是真正的作者。」阿靜迷迷糊糊地笑著簽名，那花體字看起來像公文下款。

那晚回家，他們站立不穩地在路邊攔了一台計程車，阿靜握著他的手，在他的掌心裡來回撫摸，阿傑把頭伸過去吻了她的臉頰。夜色往後不住退去，像最初褪去長裙時的好奇，像還會存錢前往日本的那段日子重新降臨。阿傑醉眼朦朧地看著她，彷彿一切都沒有變過。回到家後他們把衣服脫了，滾到沙發上，電視從出門前就沒有關，說著沒人聽懂的日語。他們被外國的光影包圍，有時阿傑在上面，有時阿靜在上面，直到最後，阿靜喊著：「在裡面，在裡面！」阿傑感覺自己面前打開了一扇門，於是他沒細想，就真的在裡面了。那時阿靜看起來很痛苦，像野獸般掙扎痙攣，阿傑想，裡面一定有很痛的東西。於是隔天他出門給她買了藥。從那時開始，阿靜就討厭每晚宵夜吃公仔麵，也討厭每天下班回家後看見足不出戶的阿傑。阿傑想，她定然在討厭別的更龐大的東西，才會每天都臭臉露出恨意。但他並不想掀開她的痛苦。

他知道是自己的錯，他並不應該在裡面，但那時候誰又能想到呢。但他覺得雙方都有責任。有責任就代表有負擔，有負擔就會有埋怨。麵煮好了，他用筷子把麵夾到兩個碗裡，把熱水澆進去，再把碗底的調味粉攪上來，渾渾濁濁染成了棕紅色。阿靜並沒有要幫忙的意思，他就把兩碗麵端到客廳餐桌。電視的光映在湯汁上。

中學同學的群組在那之後熱鬧了一陣，很快又沉寂下來。再活絡起來是因為大家要為阿謙和莉莉辦踐別會，他們兩人要移民到美國，繼續攻讀博士。阿傑沒有出席，在之後以及更久以後，也沒再跟阿謙聯絡。他偶爾會想到，應不應該問婚禮那天的啤酒為甚麼是這兩個品牌呢？如果阿謙提前問他的話，他可以提供更好的選擇。同樣揮之不去的，還有那張像公仔麵湯汁般的地毯，黃色領帶吐過之後有賠錢嗎，還是像他們的友誼那樣不了了之。但他現在能回答得出那個問題了：「煙不好抽。」幾年後阿傑的肺蒙上陰影躺進醫院後，阿靜隔幾天才來看他一次。

那時她的手機畫面再也不是富士山，換成了一張在家自拍的照片，剪成短髮的她皮膚光澤不再，用手機濾鏡加了誇張的眼影腮紅。阿傑也開始在家裡貼上自己設計的漫畫人物海報，那些旅遊天書早就送光或自行銷毀了。事實上，他的專頁大不如前，台灣近年多了太多同樣風格的漫畫，他已逐漸過氣，現在他最忠實的粉絲是他自己。

最近，為了節省水電費用，他開始中午出門散步，一逛就逛到黃昏。

他發覺即使搬來這裡幾年了，一切仍不熟悉，好似曾經來過又好似沒有。在他腦海裡記憶猶新的，始終是獨自一人在京都裡閒逛時嗅過的空氣，如果那時有帶幾箱回香港就好了。在街角的藥房倒閉了，一直都在招租，阿傑想，如果當天沒有進去，生活會否依然向他關上一扇門？阿靜曾經說過，金閣寺是被燒燬過後再重建的，現在的其實是假貨。

躺在醫院裡，百無聊賴的阿傑把繪圖板和電腦都用到沒電了，他帶來了《漫畫深度圖解日本 京阪神旅遊究極攻略》重讀，卻驚駭發現，裡頭每幅圖畫每篇文字看來都陌生，好像出於別人之手。護士經過時跟他閒聊：「你想去旅行啊？」他說：「去旅行嗎？也許吧。」阿靜來探病時，他思考了好多好多想要問她的問題，但當短髮的她穿著牛仔褲走進病院時，他卻甚麼都不想問了。她看著他把難吃至極的醫院飯菜吃光，眼裡閃過一絲不忍，但還是沉默不語。阿傑忽然說，如果，如果那時，我們有仔細想過，妳懂我的意思，如果我們沒有那樣做，現在會怎樣？

阿靜看著他，把手機放到床尾，上頭的自拍照一閃一閃地被訊息蓋過。他忽然想起好久以前，夜晚聽著日本的海浪聲，在她裡面的那一剎那。在那時，門還沒有關好，但他們都無意轉身。她說，如果真是那樣，我們就不是我們了，你懂我的意思嗎？我們之所以是我們，是因為我們沒有選別的路。你覺得呢？她說。

阿傑甚麼都沒說，他猜想，生活裡一切不如意，只不過是舊病復發。他的思緒無可避免地飄回了那一晚，就在那晚，放近她的調料包沒被察覺，她的手機訊息沒勾起他的興趣，被遮蓋的仍是富士山，書櫃上仍然有書。當兩人看著電視吃公仔麵時，電視依然放著生活冷知識的日本綜藝。有好些日本人在分享家居的整理方法。他們一言不發地盯著字幕，把麵吸進嘴巴時霎霎作響。當電視裡的日本人依舊「nani？」、「hontōni？」、「hea——」地說著話時，阿傑看到其中一個人說：「家居打掃的大忌是同時做幾件事，這樣會做成塞車。我們應該先把要晾的衣服晾好，再處理要夾的衣服。而洗碗的時候我們通常會把衣袖往上摺，以免沾濕。如果衣袖朝外摺，這樣很容易再掉下來，但只要把衣袖朝內摺，這樣就能很穩固。因為衣袖朝內摺，衣袖和手臂之間就不會有空隙。」他把麵吸進嘴巴裡，說：「要不要學一下？」

阿靜放下筷子，頓了頓，想說些甚麼又閉起嘴巴。她站起來，走了兩步又頓一頓，最後還是甚麼都沒說，徑自回到房間去。阿傑看著她的背影，直到隱沒在房間陰影裡，等了好久她還是沒有開燈。她是生活裡一杯解渴的啤酒，被他打翻了。他一直望著房門，望到節目播完了，又換成下一個日本綜藝，內容是甚麼他也不知道。他把她的麵端來吃光，麵吸飽了湯汁泡得又軟又爛，又鹹又臭，客廳裡的日文穿插著雪雪作響。那時，他彷彿自己是個未出生的嬰兒，客廳是那麼漆黑，只有說著外語的誇張的光。他想到阿謙和莉莉，想到普通與平凡，想到愛是恆久忍耐，又想到盼望那所看不見的。他煙癮酒癮大發。那時一切疾病與崩塌，尚在裡面，尚未誕生。

永遠與一天

李浩賢今天只做一件事，黑色書包裡只有一封信。一個沒寫收件人的棕色信封，一張折了三折的信紙，署名因心情過於激動而潦草。他無法預料信最後會否被閱讀，讀信人又會用怎樣的心態看待他書寫時的心情。那時他還不知道，在這個煙霧彌漫的七月，時間流速遠比他想像的還要緩慢，這使得他錯覺，最後拆開信的不是別人，而是他去世已久的父親，捎來一根樹枝，撩開一切。

緩慢是種遺傳病，像血脈裡有隻趴著的烏龜，一代接一代噬咬李家的後裔。在世人誤以為要迎來末日的二〇一二，他父親拖著不良於行的腿回家，迎面倒來一棵因颱風刮過而根基不穩的巨樹。儘管無人目擊事發經過，但李浩賢那晚在夢裡窺見，他父親抬起頭來望著越壓越近的龐大陰影，說了最後一句：「就這樣吧，安安靜靜地走。」報章的標題是〈塌樹殺人又多一宗 樹木辦缺實權塌樹責任應由誰負？〉。李浩賢認為沒人需要負責，這是他們緩慢而遲疑的血脈連接到地獄之門，無數亡靈伸出像頭髮一般的觸手迎接了父親。十一歲那年，他做了此生最快的決定，坐計程車趕到現場撿拾一根在父親屍身旁邊的樹枝，塞進書包。

父親的屍體完全壓在巨樹下，深紅鮮血往外散開，像株奇異植物，一直流淌進路邊溝渠。李浩賢好奇為何父親體內有無盡的血液可流，也許那是個訊息，因為當他撿起那根樹枝時，血就驟然停了。這時從公司趕來現場的母親剛剛抵達，撕心裂肺的喊聲就響徹雲霄。但李浩賢覺得那喊聲與他距離極遠，彷彿隔了一個時代那麼遠。

從那天起，他習慣與樹枝每天講些話，並發覺這樣比與父親生前說話輕易得多，畢竟他們過於習慣慢慢思考，交換一句話都要花上幾十秒。他學懂了愛他的父親，並將他賦魂在樹枝之上，而並非青春期過去良久還放不下面子冰釋前嫌的男人。母親對於父親的離世先是悲慟，但她很快成為一個稱職的寡婦，好像從出生開始就註定接受這個角色那般。她把自己懶得動手做的家事塞給兒子，並說：「這是你爸以前做的。」李浩賢很清楚父親生前從未洗過碗，因為他曾把碗碟放到電視櫃旁的關公前，並以為它一直都應該在那裡。但他還是乖乖洗碗、拖地、抹窗，因為當他意識到母親在亂編藉口時，他已經做了三個月家務，並把這事當作亡父的遺囑。

他會把樹枝放到床邊一同入睡，也帶進浴室，讓洗澡水聲蓋去跟它的說話聲。樹枝有時會回應，但通常只隔著水蒸氣靜默地躺在廁板。它會重覆一些父親生前在飯桌前講的話，比如「安靜的人最聰明」，「精人出口笨人出手」，「遲到好過無到」。李浩賢所不知道的是，世上絕大多數的人都會在洗澡時自言自語，並一人分飾兩角辯論，試圖贏過另一個比較弱的虛構自我，來補足自己日常缺乏的勝利快感。他認為樹枝有靈，儘管塌樹殺死了父親的肉身，卻帶回了靈魂。後來當他向樹枝坦承愛慕一個女生時，它說：「那樣很好，我支持你。」

不過之後他再也沒跟樹枝講話了，在他離家以後，母親把它留著，儘管她從來不知道這根東西的價值，但她直覺知道兒子房間裡的東西都必然有它的意義。她把樹枝和其他雜物留在櫃裡，把衣服散落床沿，桌子維持原狀，讓單人床繼續凌亂。就從那年開始，陳子朗在台灣拿著李浩賢的手機，每日傳短訊給她問好，並發些長輩圖祝她好人一生平安，秋涼風起多添衣，到更久之後她老年痴呆為止。那時她每夜做著炸彈爆開的夢，並在冷汗淋漓地起床時完全忘記它，忘記一切，她早已遺忘自己曾經有過一段青春，一段狂熱的愛情，一個跛腳的丈夫，一個緩慢的兒子，並忘記自己開過火爐，煮過一煲湯，當火焰蔓延開來吞噬整棟大廈，消防員在那裡連一顆剩下的牙齒都找不到。有人說她成了大廈拆除後重建的公園開枝散葉的第一棵樹，無數人曾在那裡絆倒。

但是今天，李浩賢只有一件事要做。生命只有一封信的重量，無論再多的短訊，再多的腦內演習，影片或圖像，都不及一個棕色信封與一張信紙，一段黑色原子筆用盡量端正的字體寫下的，近乎自殺式襲擊般的宣言。這封信成了一個箭頭，使他略過走七層樓梯上天台的吸煙時間，也讓他暫時忘卻先於他們離開學校的陳子朗。他回到六年甲班教室自己的座位上，坐下來像抽煙那樣深深吸氣呼氣。沒有同學在意他反常的舉動，因為公開試放榜前一日，每個中六生都有權表現出與平日不同的面貌。

這時他才發覺整個教室的氣氛與日常截然相反，每個人都吃力隱藏自己因激動而抖動的雙肩，那使他們看起來都像在接收著無窮無盡的手機訊息。訊息的內容是這樣的：鄰班的某某示愛了，某某成功某某失敗，有人去找老師道謝或道歉時哭了。諸如此類。

忽然窗外劃出一道尖銳的破空聲，隨後爆破開來，炸開所有中六學生的思緒，眾人湧到窗邊觀望，看見將近十個防暴警察連發三枚催淚彈。靠窗同學熟練地鎖緊窗戶，「他們明明沒有目標啊，馬路是空的。」眾人紛紛大笑，並把話題繞回某某示愛與某某失敗之上。但李浩賢知道，林廷峰與張頌恆也知道，那些警察是追著陳子朗的幽魂而去的。他們會一直在這裡轟擊沒有人的路，渴求打中當日所追不到的，那個逃跑時殿後並脫下面罩回頭朝他們比中指，邊哭邊笑邊叫「警犬屎眼被狗屌」的少年。

煙霧越捲越大，像一塊灰色的裹屍布揚開，從窗戶看去，馬路已一片朦朧。李浩賢想，假設真的有人能穿過重重深灰，可不可以到達粉紅色的未來呢？在浴室裡跟樹枝無數次的腦內推演，起過無數次草稿的那封信，等候良久一次又一次拖延的時間，一個又一個在眼前溜走無蹤的機會，一段又一段從失敗裡提煉出來的經驗，直到學期的最後一天，他可以重拾如同當天踏出家門撿拾樹枝般的果敢，把信件送到張佩珊手上嗎？

校舍很小，就是一棟建築與一個籃球場，一年級在一樓，二年級依次上升，如果說有甚麼特色，就只有一街之隔的公園，曾孕育過無數萌芽的愛情種子。當六年前老師讓大家自我介紹時，十二歲的他起立結結巴巴，大家好，我是李浩賢，興趣是玩手遊和睡覺。大家笑成一團，使他生出想把自己縮回浴室，抱著父親的樹枝並以極速枯萎的慾望。接著是在他前座的張佩珊，她站起來說，大家好，我是張佩珊，我不太懂得說話，多多指教。其後老師讓大家分組聊天，她才調皮地吐吐舌頭：「其實不是啦，只是因為安靜的人看起來比較聰明。」那像是樹枝形的閃電擊中了他，全身的毛孔瞬間張開，像汲取了整個秋天的風，像一棵瞬間長成的參天巨木，像團火球將熱氣烙在她聽課時的白皙後頸上，令他隨後多年一級一級走上升班的階梯時，都維持著宗教般的執著，那就是他父親生前與死後都教誨的，寡言不語。

但其實這是張佩珊對他說的最後一句話。當她的身影與一根樹枝重疊起來時，他們已越走越遠。儘管在那次分組裡，他們取得了大家的手機號碼，他也三不五時發訊息給她，問些不著邊際又關於學業的話題，但直到那封信被拆開前，他再也沒有跟她講上過一句話，除了眼神與往後座傳的作業簿之外甚麼都沒有交換過。

在他每次發訊息給她之前，都會先在手機記事本寫好一大段草稿，最後以切除樹枝般的狠勁，大力砍斷無用的枝節，只剩下短如咒文的語句。他克制得像個教徒，知道每天傳的訊息不得過火，也不能太冷漠，因此他搜集無數趣聞，跟貼時事，對政局比任何一個同級生都理解得更為透徹。張佩珊的孿生弟弟，也就是後來他的煙友張頌恆，最早察覺到這個才能，就矢志每次通識小組報告都得跟他一組，什麼都不用做就能收獲一堆A⁺。因為他知道左膠無可救藥，右派又過於著重私怨，也知道蘇格蘭、烏克蘭與太陽花。但他只會傳「第五課3b那個鈍角三角形究竟是幾度啊」或「『焉有仁人在位，罔民而可爲也』是甚麼意思啊」，又或「妳弟今天和我吃飯說妳想剪頭髮」、「聽講誰誰暗戀林廷峰啊」之類給她。

儘管這些訊息後面都存在瘋狂的熱度，但的確沒有傳遞到出去。手機絕對隔熱。那也是他所希望的，靜謐、冷清、低調，他越來越像一棵樹，他知道鳥終究會停棲於此。如果說有甚麼比較逾矩的，那只有他側臥床上，對著樹枝，熱情洋溢地打了兩個鐘頭的草稿，最後只傳出一句「panadol 治感冒很有效」，那時已是凌晨一點，重感冒的張佩珊已睡得一塌糊塗，直到隔天早上七點，雙眼通紅盯著手機的李浩賢收到一句謝謝關心時，仍激動得像全身高燒那樣跳上巴士回校。那是二〇一四，雨勢很大，但他心裡燒著熊熊大火。

後來班上調位，到他們升班，參與課外活動或結交不同朋友，李浩賢依然維持著這團猛火，其實並不明顯，有時只是在記事本上寫了一大段草稿，最後卻沒有傳出。打草驚蛇，他是這樣想的，但他構想的更多是一張藍圖，一份與張佩珊出外約會的地圖。他打開 Google Maps，在設想的約會地點上刻上一顆星星，直到後來他發現整個城市每座街道都有顆星會嚴重阻礙日常生活，又一顆一顆把它們拔去。所有事情都安靜進行，因此顯得聰明而不多餘，沒人知道他如樹根般穩紮擴散的愛。他到討論區參考別人如何約會，詢問前輩網友意見，比如怎樣判斷一段感情是情到濃時，又怎樣更進一步。獨自一人時他在腦內用各種語氣臨摹當天所聽到的那句話，他坐在床上左手握著樹枝，右手握著陽具，以虔誠語氣說：安靜。

事情發生變化是中三那年，當他已將近一個星期沒發短訊給她，而她的身影在他腦海裡越發清晰與發出淡黃光暈時，張頌恆說：「我姐跟陳子朗一起了。」隔天，李浩賢把樹枝塞進書包，打算將它插進陳子朗的眼眶裡。他即將被釘在牆壁上，濺出血色的星形，成為地圖上的必去景點。他知道陳子朗每天早上都會在七樓天台，因為同學間早有傳聞，這人如同鬼神般的閒聊技巧，足以使他達成前無古人的成就，就是跟嚴肅古板的校工老馮成為忘年莫逆，並獲得學校每個暗門或密碼鎖的通行權，一起在裡頭做些不知名的勾當。而每天早上，謠傳陳子朗都會在天台，並把那當成專屬於他的私人領域。於是那天早晨八點，李浩賢提早踏上屬於高年級的樓梯，氣喘兮兮一口氣走了二百八十級樓梯，推開一道被解鎖的鐵門，看到陳子朗逆著陽光一個人站在那裡，叼著煙饒有興致地看著他。

李浩賢覺得那像是烏龜與野貓的對峙，也正因為這兩種動物的互不關聯，使他格外沮喪。他心想：仆街。因為他發覺這幾年來的反覆設計，沙盤推演，堆積如山的草稿，都比不上一個十五歲就叼著煙，提早透露出成人氣味的少年。後來他更知道，張佩珊選擇陳子朗的原因，是因為「他很健談」，以及身上有她父親的味道。那天黃昏他們就在這個天台，進行人生第一次的親吻與撫摸，陳子朗說：跟我一起看這個日落後的世界吧，正是李浩賢準備良久的對白，他知道，女人的本質就是愛好遊歷與遠方。那天他拾步上前，準備將背包裡的樹枝抽出來時，陳子朗先他一秒，左手伸進褲袋並拿出一盒東西，指著李浩賢說：「原來你也抽煙。」

母親說，並不是所有愛情都像火，如果是那樣，世間所有倫理關係都會燒得只剩灰燼，唯有細水長流。天台那年，旺角大火，而李浩賢聽從了亡父的勸告：抽根煙吧，像我生前那樣，讓煙霧代替語言。多年之前父親將碗碟放到電視櫃旁的關公前，並以為它一直都應該在那裡，母親發現後勃然大怒，罵這個男人從最開始就沒有幫過自己哪怕任何一點忙，而父親只是點起煙，眼睛一眨不眨地凝視著母親的眼，讓她罵得精疲力竭後不得不回應他的眼神。他們就那樣一動不動地在關公面前對望，直到凝滿淚水。從旁一聲不吭地觀看的李浩賢認為這解釋了甚麼事，但他還沒到理解的年齡。

父親許久以前就開始抽煙，李浩賢想，也許他是叼著煙出生的。有時是 Lucky Strike，有時是萬事發*或其他，但 Lucky 佔了八成以上。一個品牌能帶給人的幸運是有限的，但父親曾喃喃說過，假如父親的母親晚十分鐘才出門去醫院，他將不復存在。李浩賢也不會存在。關公不會存在，也沒有更多的「後來」存在。李浩賢初時不明白這話的意義，到他中學上網翻查香港歷史時，才偶然得知，那年有一對姐弟在街頭遊玩，

---

* Mevius 香煙，台灣一般稱為七星。

發現路邊有個包裝精美的鐵罐，當他們拿起它時，鐵罐轟然爆炸。那時父親的母親才剛剛經過，出生之時，父親因為鼻腔充滿了硝煙與血腥氣而嚎啕大哭。

母親曾多次講過她與父親如何邂逅，但李浩賢始終記不清楚。她說過他們是在上班時認識的，兩家公司有業務來往，一來一往就開始交往，又說過他們在蘭桂坊邂逅，喝得酩酊大醉後認為對方是自己的命中唯一，又說過他們是在某餐廳裡併座對上了眼，父親一動不動地盯著她，看了十多分鐘麵都泡軟了，再邀她約會。母親又說，那是八〇年代，在香港島工作的人都賺到可以環遊世界的錢，父親就跟著她去歐洲，去美國，去馬爾地夫也去澳洲，在一趟回港的長途飛機中父親突然說：我累了。話語的意思很久以後才被母親破譯出來，那年最後一個港督剛剛到任。

在眾多旅行中唯一留下給李浩賢知悉的細節是，父親在行人徒步區被樹根絆倒摔了一跤，那是此後十多二十年母親仍會拿來說嘴的事，說：

怎麼會想到那裡居然會有樹根。雖然是黃金遍地的八〇年代，但他們仍打算省下在歐洲住院的費用，結果回到香港時，父親已終生殘疾。有次父親抽著煙說，那是在還出生時逃過的債。從此而後，他再無法踏上香港島的層層石階，每步走來也像往死亡挪近了一點，也向沉默挪近了一點。那時父親再跟母親說：我累了，並凝視著她。母親在回家的路途中本來在看著電車窗外的風景，經過一棵大樹時忽然像被雷劈中般理解了這幾年來他釋出的訊息：請與我結婚，直到我們累得失去一切力氣為止。

此後母親不再旅行，並把相簿收到櫃子裡，明信片換成月曆，郵票換成香爐，擺設換成關公，保祐一切平安。當解放軍駛入城中，英軍撤出而禮炮響起時，父親在家裡點起香煙，想及自己半生走來的軌跡，也只不過是在沉默中爆炸，在沉默中摔倒，其後消亡。婚後即使同居，母親也從沒學會過下廚，也沒有養成做家事的習慣，她把東西掃到看不見的角落權當整理。唯有煲湯，只要把食材和水丟進煲裡再算準時間就好。她想像湯的食材都來自世界各地，美國牛肉、日本豬肉、澳洲蘿蔔、俄國馬鈴薯，加幾碗水煮，藉此回到那段起飛降落的日子。但父親日漸沉默，兒子完全內向，在確定此生以後再也無法自由時，她終究發現，食材來源全是中國。她把湯全煮焦了，煲裡一團糊黑，都是中國製造。

那天，李浩賢接受了陳子朗的示好，並決定日後每天八點爬上天台，並非因為逞強或示弱，而是因為這裡彌漫著張佩珊約會時，那洋溢而出的愛情氣味。李浩賢知道那瞬間爆發出的氣味，能夠在空間裡歷久不衰，足以讓他錯覺，只要存活在這個空間就能分一杯羹。儘管他每天只能嗅到陳子朗的二手煙和聽他的閒聊，並接受稍後數天張頌恆與林廷峰的加入，成為四個吸煙的不良少年。陳子朗跟他說，香煙牌子名為 Lucky Strike。李浩賢說，我聽過。

張頌恆與林廷峰見證了以下事情的發展：

一）他們四人都分進了四甲班，是全級成績最差學生的集合地；

二）四甲班的學生將會繼續留在五甲，六甲，每年多爬一層樓梯回課室；

三）甲班的必修課是中國歷史，因為死記硬背對於差生來說，彷彿是最輕易的事；

四）分組總是跟著李浩賢的他們，通識小組報告成績從沒掉下來過；

五）至於李浩賢本人，他成了一個神話。

他在中三到中六間交了十三個女友，就用他當年準備用在張佩珊身上的那套劇本。他增刪著它，汰弱留強，前幾年他在討論區求教的前輩網友們開始改稱他為大佬，新網友只消向他學習一招半式就能釣到女人。高中三年，在討論區上受他啟發而撮合的有情侶六十七對，炮友或一夜情一百零一對，復合十九對，同性戀八對。張頌恆和林廷峰認定自己在目睹一段歷史的誕生，但這只是因為他們主修中國歷史，才會誤將一個人看成一段歷史。他終於察覺到手機訊息能有效掩飾他的遲緩本質，而高中女生更易受到引誘，更容易跟他到維多利亞港旁看大廈或輪船，更喜愛甜品或紅茶，更知道當一個男生提出散步或休息是甚麼意思。她們明白「精人出口笨人出手」與「遲到好過無到」的真正意涵，所以當李浩賢傳來訊息，她們會以少女的嬌媚先作拒絕，其後熱情回應。

但李浩賢總能下狠心拋棄她們，如果張頌恆與林延峰與陳子朗約他打球他就打球，約他打遊戲他就打遊戲。他其中一任女友梁嘉琳在某天晚上，在賓館裡綻開血色的星狀玫瑰，悽婉哀吟到頂峰之後，他仍可以準時十點回家，與三人打線上遊戲。他變得越來越像放在床邊那根樹枝，生氣凋零且隨時準備斷裂，但只有他知道內裡仍有一團等待重燃的乾草。他不相信他媽關於灰燼那套說法，跟他選入四甲班的理由一致：張佩珊在。

儘管如此，他們還是極有默契地把愛情這話題帶離天台，並不是因為陳子朗知道了李浩賢的過去，或李浩賢釋放出過甚麼惡意，更不是張頌恆或林廷峰有些甚麼變化，而是因為，其實在中三升中四那年暑假，陳子朗跟張佩珊分手了。他們的戀情為時不到百日。

那年好似一切都燒起來了，時為二〇一六，張佩珊因過於熱衷戀愛而升高中試成績慘不忍睹，淪落甲班。正當她需要安慰之時，陳子朗正與三位好友每天打手遊，每次都錯過回覆訊息的好時機。自此大局已定，他被判行為不檢與非法集結，逐出少女愛情王國的域外。那時李浩賢認為自己忍辱負重良久，儘管已經交過兩任女友，但仍有資格回到起跑線，以剛練成的技巧瞄準張佩珊。因此那天他也甩了時任女友，跟陳子朗在天台上哭了個屁滾尿流，把張頌恆和林廷峰嚇了個半死，甚至以為他們要擁抱著跳樓。

那是他們最後一次在天台談到愛情，如果他們後來還有繼續深入討論，事情也許不會發展至此。但張頌恆是她的孿生兄弟，面對著由同一個子宮長出來的人類，或是張頌恆對著自己的煙友，大家都不好意思說甚麼。直到許久以後，也沒聽過她與誰在一起的消息。其實在分手那晚，張佩珊在浴室一刀一刀剪短自己的頭髮沖進馬桶，那是十五歲少女能想到的，道別愛情最決絕的方式。那些長髮扭成一團，游出公海後花了幾年環遊世界，最後在日落時回到維港，並嘗試與每具沉在海底的屍身交談。長年旅行使它學會，每個人都有一顆熾熱的愛心，就連死亡都不能將其熄滅。

三年過去，他仍然持續著他的謹慎與幽默博學，三不五時傳點訊息給張佩珊，不過在失望與成長過後，少女學會了適量地已讀不回的特技。他也繼續與三人在天台抽煙，把自己抽得滿頭大霧，並開始憐憫陳子朗，認為他跟自己受著相同的罪。他相信父親所說的：讓煙霧代替語言，可以遮蓋一切。但中六這年，煙太大了，所有問題都像維港對岸的大廈般突出雲端，頭角崢嶸。整個城市像啟動了一個不能逆反的程式，所有人在這段龐大的計劃裡都佔有某個位置，他們四人就在天台簽下盟誓：一同作戰，互不放棄，若一人落單即其他人必須掩護，若一人被捕則其他人也不得獨善其身。

如是每晚他背負一身硝煙惡臭回家，任何沐浴乳與洗頭水都難以清除身上的氣息，他問樹枝：「這樣做是對的嗎？精人出口，笨人出手？」樹枝說：「焉有仁人在位，罔民而可爲也？」他忘了那時張佩珊怎樣回答，於是樹枝說：「那就別忘記她回答過你就好。」根據統計，修讀中國歷史的學生都熱心參與這場抗爭，畢竟他們每天背誦的，是有些東西絕對不可信任。母親在他夜不歸家的時候，學習了提早穿上黑衣、洗碗、把外送飯盒放涼後擺進冰箱，並對電視櫃旁的關公說：保佑我兒。但作為母親的直覺，作為這家族的一員，她知道兒子必然會在陰影的吞噬下，如她丈夫那般遁入虛空。

那狂亂的八〇年代，在母親複述的諸多版本的愛情故事中，她已遺忘確切哪個才是真正的起源版本。但就在蘭桂坊，她仍記得，一家現已倒閉的酒吧裡，當二人在舞池旁喝著酒聽著搖滾，她忽然邀約他跳舞。父親說：不，我在這裡等妳。母親噘噘嘴，走進一群洋人之間，那時他們向她搭訕，當她回頭時，看見他如紮根般立在原地，在幽暗燈光裡她看不清他的眼神。但她忽然知悉，如她日後過晚理解他從來遲到的訊息，那句話的意義是：留下來，我需要妳。她想要回身過去，找他，而一群洋人魚貫進來，把整個舞池塞得水洩不通，回歸父親的路線被完全切斷。當她終究回到原來的位置時，已剩一片虛空。接下來，她有幾個月沒看到他。

直到後來，那些諸多愛情故事裡紛亂出現的茶餐廳，那些公司，以及其他種種的片段漸次誕生，而她終究鼓起勇氣約他外出旅行，她想著，一起去看看日落之後的世界也不錯。彼時，往日累積下來的情感慢慢湧上，那是李家的血脈，那如烏龜爬行的緩慢，遲來而精準地擊中母親，使她知悉，正是他用樹根與沉默扎根在她內面，已然無路可退。她舒一口氣說：結婚吧。直到好久以後，李浩賢懵懵懂懂地聽取母親的戀愛故事時，父親已成了在窗邊抽煙的沉默男子，「安靜的人最聰明」、「遲到好過無到」，那其實是愛情箴言。使李浩賢理解，自己儘管緩慢，然而練習，再練習，只要遠方與日落仍在而她的渴望不變，他就必然能追求到張佩珊。

在陳子朗離開數周後的今天，李浩賢和張頌恆和林廷峰仍然記得最後一天見他的模樣。就在那晚，當他們一如既往在學校附近打遊擊時，不知為何集結了數倍警力，且二話不說就向他們所在的人群推進。四人拚命逃亡時李浩賢踢到自己先前所設的樹枝路障，腳踝一下就扭成詭異的形狀。正當他臉色灰白準備投降受死，林廷峰與張頌恆立即一人一邊挾著他的手拖行，笑著吼叫：這是在還你多年以來的煙錢。而陳子朗為了拖著敵人的腳步，殿後到警棍伸手可及的範圍，脫下面罩又哭又笑又叫，像條野狗般喊出了他們聽他說的最後一句話：全撚部聽住*，警犬屎眼被狗屌！

小組隨後就解散了，當李浩賢被拖進學校的暗門，他仍清楚記得這是陳子朗當年打聽回來的秘道。絕望地等待陳子朗前來之時，他們忽然看到手機傳來他的訊息。他說：bye 啦，我去台灣避一避。還傳來一張在家比著中指的自拍照。李浩賢笑罵一聲：仆街。他忽然難以自制地想著，假如他當年，確確實實用樹枝把他釘在天台，今天當防暴警察推進

全撚部聽住：全部給我他媽聽好。

時，是否就輪到他要成為一個血色地標，一個景點，一道抹不去的疤痕，雙腳滲著老樹漿般的惡臭。他們三人點燃了三根 Lucky。就在煙點燃的那刻，李浩賢忽然恍然大悟，他連死亡的威脅都撐過去了，世上已經沒有東西可以阻撓他告白。

陳子朗隔天就去了台灣，餘生沒再踏足香港。直到他老眼昏花，醉駕機車闖紅燈被夜行卡車撞飛，像只風箏飄出老遠。就在他戴著維生器械的剩餘歲月，沉沒在肉體深處的靈魂仍然一再設想，假設那天他們四人還在天台抽煙的話，事情就可被阻止。但他並不知道，那天所發生的事件，以及愛情這個話題從沒涉入天台的真正原因，其實是一體兩面。就當李浩賢在小息時終於禁不住煙癮而跑到天台去，剛推開門，就看見了在接吻的林廷峰和張頌恆。他們尷尬分開，卻切不斷口水絲線。但李浩賢毫不在意，他心裡有更重要的事情。

他向他們說：「其實是這樣的我只是想跟你們說我今天要跟張佩珊

告白了。」

他們說：「加油。」

三人對望，沒人再做出任何動作，於是李浩賢又回到教室，一根煙都沒抽。他默默等到下課時間，等到下課鈴一響就想走向張佩珊，但當他站起來時，卻看見她早收拾好書包要跟梁嘉琳到學校對面的公園拍照，於是他又按捺自己的衝動坐回去。在四年、十三任女友、促成無數的愛情果實、面臨警棍與子彈的死亡威脅、朋友的逃亡後，如果說他學會了甚麼，那就是不要過於急進，打草驚蛇。

當他十分鐘後走出校門，抬頭看向對面的公園，暑氣逼人，汗味與汽車油味充盈胸肺，學校的玻璃反著眩目的光，一身制服的李浩賢背著書包，他的黑色書包裡只有一封信。一個沒寫收件人的棕色信封，一張折了三折的信紙，署名因心情過於激動而潦草。當他準備邁出第一步，早上曾出現的防暴警察正在右方朝他極速奔跑，把路上看見的任何一個人壓倒在地，轉瞬間他的臉已被壓在石磚上血流滿眼。

煙沒有辦法對抗火，也沒有辦法對抗風。制服會輸給另一套制服。在警署的單人隔離房裡，警察要他解鎖手機。他咬牙不語，他們就翻他的書包，其實甚麼都不用搜，不用說裝備，連口罩都沒有一個。於是他們撕開信封，傳閱並逐個縱聲狂笑。他通紅雙眼：「殺了我吧。」其中一個警察說：「沒那麼容易，情聖。現在給我解鎖。」

「你們通常要打多少棍，被捕者才會解鎖手機？」他問。

他們獰笑，不發一語。

後來，當李浩賢再次來到維多利亞港，一切如昔。他每天都在那裡流連，事實上，他也沒甚麼地方好去，他沒抽煙好久了，也沒有朋友可以交談。在那六十七對情侶，一百零一對炮友或一夜情，十九對復合，八對同性戀裡，有超過半數在此碰上了他們的恩人。林廷峰和張頌恆那天在天台上依偎了非常非常久，沒有看過手機。到了許久以後他們才到李浩賢家拜訪，母親熱情地接待了他們。她彷彿回到上個世紀，當緩慢的血脈不在身邊，她體內的時差越發嚴重，已是無藥可救。她讓他們坐下來喝一碗湯，那煲錯認的湯，那些沒再出發的旅行，那些錯覺與誤解，以及憤怒。她說，都是中國製造。林廷峰與張頌恆對看一眼說：李浩賢到了台灣找陳子朗暫避。但事實上，那天李浩賢在警署只捱了一棍就死了，如果說這段愛情有甚麼收穫，那就是當他看著迎面落下來的警棍時，眼裡閃爍著的光芒不是恐懼，而是求愛不遂的激動。他想著：「就這樣吧，安安靜靜地走。」

夜深時警察把他的屍體綁著石頭丟進維港，並因想起他憤怒的目光而跌了一跤，當他的屍體沉到海底時，石頭鬆開了，畢竟警察的手工實在不怎麼好。但一撮長髮從遠方飄來拴住了他，就在水底深處，讓他像只風箏般搖擺搖蕩，直至枯成白骨仍沒有離去。

後來陳子朗輾轉接收到李浩賢的手機，張頌恆說，有人在校門撿到。

他把手機帶回家充好電，思來想去還是覺得寄給陳子朗好。瞞著伯母吧，這樣也比較好，陳子朗在訊息回了一個嗯字。林廷峰後來升上大學，在九月某次衝突裡喊了跟陳子朗一樣的句子後不知所蹤。不是每人都能用相同辦法成為逃逸的煙。就如同在多年以後的那場大火過後，被認為是母親的那棵大樹，也因為危及途人被樹木辦下令砍得只剩軀幹。

但是，就在這個夜裡，在眾多後來還未發生的今天夜裡，學期的最後一天，張佩珊回到家，把手機放到桌上充電後去洗澡。洗完澡後，她看到桌上放了兩台一模一樣的手機，她用自己生日日期解鎖了正在充電的那台，忽然，一陣熱流貫穿了她，如同多年之前，一個少年全身瞬間張開的毛孔，像汲取了整個秋天的風，像一棵瞬間長成的參天巨木，一陣灼熱的氣息在十二歲的她後頸上燃燒，從脖子到頭頂，從兩眼到下巴，她燒起來了，延遲六年地燒起來了，她無煙無硝地焚燒爆散，像一顆燃燒彈在體內爆發，她無可救藥地長成了一座火災中的森林，四野八荒地蔓延。她快速往下滑動，一排一排如此整齊，此刻在她的眼簾底下奇蹟般展現。在手機的記事本裡，是順著日子排放，是五年十個月又八日的，沒有傳出的短訊草稿。直到最後一天。

草稿最後一句：就是今天。

為甚麼靠那麼近

阿嵐越來越能睡了，起初八小時，後來十小時，有一晚凌晨三點他躺下去，黃昏六點才醒來。他說：我做了好長的一個夢，但。他結巴了一下，說：我忘了，只記得飛機和雲。這時常讓薇希覺得，他在逃避著些甚麼，才心甘情願地把日常摧毀，一再竭而不捨地鑽進佈滿汗臭與皮屑的被窩。有時，看著因熟睡而潮紅的耳窩與因熱力而鬈曲的短髮，薇希記得他喝醉時所說的：「我們這些人，一生唯一能做的只有逃跑。」

薇希不清楚自己算不算得上我們這些人。去年，在群組裡跟阿嵐父母宣佈要結婚時，她確實沒有逃跑的感覺。但透過文字訊息她確實感受到對面傳來兩聲滿足的歎息。廣東話的歎息。翻譯過來的意思大概是，兒子終於長大了。這種理所當然的排除態度，讓她覺得自己好像一件擱在機艙裡的行李，觸手可及，又暫時派不上用場。

與同學跟學長姐聚會時，她們都說，阿嵐是個好對象，他能交際，有才華，也風趣幽默，還懂得玩。她就懷疑他們是不是有一部共用的辭典，可從中選取數個最無關痛癢的詞彙來讚美。事實上，阿嵐就是個文學青年，文學青年與文青的差異在於，他們的消費能力集中在書本，一種在九〇年代大幅強化的翻譯體系。有天，他們頂著三十九度的高溫去看房子，阿嵐抬起頭，被曬得半瞇著眼睛，汗把他的瀏海擰成一團，衣服溼得幾可看見整片胸膛。他說：「莫梭就是在這太陽下殺人的吧。」

阿嵐時常引用些翻譯文學，最初薇希就是迷上這點，但到後來發現都是些差不多的書和作家，時間已經太遲。有段時間出版商不知道是想撈錢還是怎樣，一本外國文學出七八個譯本，阿嵐就見一本買一本，一邊買一邊說：台灣書店就是比香港好。那時，阿嵐已經畢業，一反過往的優勢與喜好，習慣日睡十二小時。有時他連續數日做著相同的事，那彷彿是今天已提前把明天活過了，沒有任何一天真正具備意義。又抑或是有時他在夢中激動地講著廣東話，那措辭遣字就像在咀嚼些甚麼。薇希想，語言也應該有一種口味，而他的母語大概是苦澀的，就像每次他們去喝奶茶檸茶，他都會說不夠香港的澀。她偶爾也會因與他做些刻版印象的事而微微內疚，比如說去飲茶，比如背誦些國語配音版的港片對白，或直接問一個字廣東話怎麼唸。

「不要問啦。」他總是快速唸了一次，然後從自己的語言逃開似的，換個不相關的事來說。有時甚至直接沉默。

兩年多前他們去看電影，這幾年的電影工業不知道怎麼搞的，一直修復過往的電影，稱之為經典復刻。流行這回事就是這樣，重複五十或一百年前的事顯得前衛，欣賞三十或八十年前的事顯得有品味，複述十或六十年前的事就只會顯得過氣。這與時代無關，只是人的記憶力有缺陷，且貴古賤今。薇希發覺自己好多事都記不起了。她載他到電影院，有品味的是《春光乍洩》。在排隊購票時，他一邊保證這是部好電影，一邊把身體挪近她，排在他身後的人臭得像剛跑完一場馬拉松。但到最後他們皺著眉縮起來，不安地挪動身體，還是甚麼都沒有做。

電影院空空蕩蕩，剛剛的人去看別的電影了，錯過了這次得再等五十年才能重新領悟品味之美，但不知怎的，她連一絲惋惜之情都沒有提起。阿嵐牽著她的手，如他們交往這三年以來，一如既往地牽著，好像只要鬆開就隨時有人給他鎖上手銬似的。有時她錯覺他們已經交往了十幾輩子，但仔細想來，每一輩子都模糊不清。這大概就是與文學青年交往的感覺，靠他人經驗拼裝起來的生命，阿嵐就像組合起來的一疊故事積木，薇希有時想，自己只是他生命中的其中一塊。那也沒有辦法，只能希望自己是顏色比較鮮豔的。《春光乍洩》的第一部分畫面黑白，她望著張國榮和梁朝偉經高清修復過後仍是灰暗的臉，想：就是這樣的感覺，一種可以被取代的感覺。

電影從黑白切成彩色，從彩色換回黑白，反反覆覆，張國榮與梁朝偉的戀情時熱時冷。張國榮躺在病床上，每天情緒勒索梁朝偉，逼迫他煮吃的，下樓買煙，頤氣指使。薇希感到阿嵐的手汗濕了又乾，她微微轉頭過去，早就看過電影的他比她還要入神，靈魂像逃進某個黃金時代，光輝歲月，她轉睛望著大屏幕，修復過後的對白依然虛弱：不如我地由頭來過。她想，除了這樣還能怎麼辦呢。

電影結束於台北，梁朝偉重獲新生，把希望寄托在這陌生島國上，一切彩色。薇希說，如果能活在那個時代就好了。阿嵐說，那也不一定好。薇希問他想去哪，他說，想回家睡覺。讓他坐在機車後座時，她始終想著，就算繼續睡下去，他也不會是張國榮。她讓他教她說電影的那句對白，四面八方的引擎聲太嘈吵了，她不知道是她聽不見還是他根本沒有開口。

機車大陣像一條灰色長河，把他們吞噬其中。他說過，香港不可能有這般景況，八百萬人假如這樣騎車，每天都死傷慘重。薇希不知道這是否就是阿嵐始終不學騎車的原因，只是事實上，他也沒甚麼地方好去的了。有時她覺得他身上就像拖著一個廢墟，一個沒有霓虹燈光或高樓大廈的，無以名狀也不知在哪，煙霧彌漫的舊日風景。日睡十四小時且已經畢業的文學青年，給人一種餘生都會在夢裡渡過的錯覺，他說：今天我夢到自己在蓋大廈，即將完工的時候，我就醒來了。

她也不只一次想把他從後座甩下去，比如說，電影明明是薇希挑的，但阿嵐卻比她更為入神，過後又不願承認自己沉醉其中。這使薇希覺得自己在哄小孩，起初她以為自己是被選擇的，後來才逐漸知覺，是自己揀選了他。他像個不太熟練的逃兵，往一切的反面躲藏，這讓她好像只不過是個容器。只是她很快就因著為能當上容器而感到快慰，一種令人羞恥的愉悅，這樣一來，她因更貼近他的生命狀態而興奮。兩個漂流瓶，兩個藏在書中的錯字，兩杯精心準備的調酒，兩段電影最後的彩蛋，兩個信封，塞滿了所有別人說過的話。那使她覺得，在灰暗慘澹的城市中，她並不是孤自一人低頭而行。

只是許多時候她都自覺是被拆分出來的，積木裡多餘的那一塊。每當他陷入休克般的睡眠，她都像個看護，像個傭人，像附屬品。她才知道，談戀愛原來可以離死亡那麼近，以前的生活是遠去的光，被稀釋進一個又一個的長夜漫漫，語言於此失去意義。她看著他的睡臉，喃喃自語的廣東話像來自另一個星系，投向廣袤無人的銀河裡，始終無人接收。有時她想把他搖醒，但又不知道搖醒他之後可以做些甚麼。某個黃昏下課回家她終歸是忍無可忍，在他醒來時說：我受夠了你每天只睡覺，我都不知道該做甚麼好了。他的嘴裡帶著長久睡眠後的口臭，像將無數廢墟鐵鏽壓扁悶燒後的餘燼：其實妳可以想幹嘛就幹嘛。薇希無名火起，恨恨地說：幹嘛都不用你同意。阿嵐說：這不是同意，妳本來就可以想幹嘛就幹嘛。

於是薇希出發，往自己的回憶深處縱身而入。在阿嵐深度睡眠時，她挖出高中同學群組約了一場聚會，與幾個閨蜜交換近況，談及男人、寵物與網紅；她把燈光打開看課堂的文本，反正無論如何阿嵐也不會醒來；那陣子她讀了六七本長篇小說，每個漢字都帶著復仇的快感；她下載了交友軟體，以一張從網路抓來的性感照作頭像外加一句矯情語錄，吸引了無數肌肉男，並在他們提出邀約時封鎖他們；她把他們傳來的屌照儲存下來，待下個噁男再傳一根過來時，就發一張回擊過去。在阿嵐長途睡眠的途中，薇希開始瞭解拼裝起來的生命狀態有何優勢，這讓一切都像連續在進行的夢境，那些日子碎屑可以隨時拋棄，又能毫不費力地撿回。漸漸，結構裡所有事物的邊界都模糊了，顯明的唯有結構自身的閃光。有次阿嵐從夢中醒來，喃喃自語：我們活在諸多可能世界中最好的一個。薇希問：你夢到甚麼了？不重要，他說，反正夢不回去。

她就忽然懂了他在想甚麼。那晚，她在他洗澡時換了床鋪，把積存良久的汗臭皮屑丟進洗衣機，換上淺藍如夏日晴空的床罩。在床上，她換上內衣等候他的到來，等了一陣，她爬去用電腦放著音樂，再回到床上等他出來。在他被她的準備挑逗起來，帶著一身沐浴乳與洗髮精的混合果香開始用手，用口，並在她耳邊講些下流語話時，她第一次清楚理解到他帶著口音的句子，感覺就像是文學。一種異化的疏離，她無法想像自己以非母語叫床，或以第三語言情慾高漲，在那刻，在他揮灑汗水的重複勞動之時，她淌洋在一次又一次美學的崇高快感當中，時間好像散架了，零零碎碎地交互疊著，忽高忽低。

事後，她說：教我說那句話。

他說：不要。

儘管如此，自此以後阿嵐更願意分享過往甚少提及的，在昔日城市尚未化為廢墟之時，一個接一個她尚未聽過的夢。在他的敘事中，城市雖然已是灰濛慘綠，但光線仍可透過他的語調四散，組合著十年前已顯過氣的舞台。他說，由於城市有通宵巴士，大家也不會介意在酒吧待到深夜，只要留著最後一口氣與最後一縷意識，必然可以盡興而歸。穿過由英國人名字硬譯成廣東話的街道，赫德道、阿士厘道、梳士巴利道，推開門就是一串串啤酒品牌名字組成的告示牌、飛鏢、杯墊、啤酒塔，每個人都在其中撈取不省人事的機會。他說過的，我們這些人，一生唯一能做的只有逃跑。從一家酒吧逃到下一家，從香港島到九龍，阿嵐說，就是那樣了。薇希問，你現在還會夢到這些嗎？阿嵐說，夢本身就是這些。

她也回憶到好些在一起過後被取消的往事，比如說，很多個積木般的如果，撿拾不回來的如果，顏色不夠鮮豔的如果。如果她選擇了考上別的系所，換一組興趣與朋友由頭來過。如果她堅決不嘗試喝酒，讓人生在清醒的朋友當中充滿自覺地運轉。如果在大一那年的夜店，答應了某個男生的邀約。如果那天，不是恰好在腦中閃過阿嵐在課上伶牙俐齒地反駁教授的臉。但大一過後，她再也沒去過夜店，那算是她版本的，偶爾會回去的，被取代的夢。於是她對阿嵐說，不如我們去看看。他說，很浪費錢吧，薇希說，體驗一下也好。

只是剛踏進夜店她就知道他們去錯地方了，在熱力四射，青春少艾的上揚嘴角與五顏六色的飛揚頭髮中，他們像跑錯棚的時代遺物。ＤＪ對著麥克風吼脫掉脫掉，電子音樂像痙攣的大象連續跺腳，舞池裡的人用酒嘴灌著烈酒，一切都混亂得像旋轉的夢，這刻身處風眼，瞬間又到震央，無論去到哪裡，他們都像被擠壓到一旁。整晚他都像打圓場地說，我沒來過台灣的夜店，是這樣啊。他說，香港的夜店ＤＪ不會那麼露骨，在舞池裡的人都分得比較開，電子音樂的好處就是每個人都可以理所當然地一個人自己跳舞。她不知道該說甚麼，唯有讓他牽著她的手。他掌心的汗像一層膜，酸臭地將他們隔開了幾個時空。

但確實是他先提出的，這讓她始料未及。某天他醒來二話不說地走往浴室，她趕忙把交友軟體關掉，深怕被察覺了甚麼。待他洗漱過後，她忐忑地堆起笑容，佯裝在看影片，但訊息通知卻情到濃時地不斷彈出。

她把手機塞進被窩，口裡說著：我幫你買晚餐了。他卻說，我覺得夠了。她心裡咯噔一聲，但轉念一想，明明是他終日睡覺，我也沒犯甚麼錯，精神出軌本來就無罪。然後他的話就把她的思緒晾在半空，藍天裡一架飛機切過去。他說：結婚吧。

薇希不禁想著先前他的嗜睡是否只是一種試探，一種婚後枯燥日常的預熱，在交往初期他還說過婚姻是自由的對立面之類的說話。睡眠與夢境也許像一個黑心的機師，把乘客往脆弱的方向帶去，但總而言之，迷迷糊糊間她答應了。在迫降的時候，沒有人知道原因，也沒人會記得自己來自何方。

至於她自己從何時覺得可以的呢，大概是從他選擇逃跑，選擇從鋼筋水泥潛進異鄉，偶爾說過想要移民，從熟悉而殘暴的地方抽身離去之時，她就覺得可以了。她知道，他的逃跑如同示弱，一如睡眠作為投降。同學與學長姐們所講的，能交際、有才華、風趣幽默、懂得玩，都是他拼裝出來的護甲，而當薇希將其解體時，已無法自拔地覺得這種空洞的脆弱甚至是自己的一部分，一種不知如何說起的共感油然而生，這讓她足以用一種自憐的方法來對待他。但她只是想不到居然由他提出，或許長期游離在夢醒之間的人，能更敏感地把握到界線消除的時刻也說不定。

在家人通訊群組宣布時，她看著他的兩老因不熟悉書面語，把文字打得像一種看不懂的混合建材。她瞄著他的側臉，想起多次如若翻譯文學般的性愛經驗，卻聽見他說，有沒有搞錯。她問怎麼了。他說，父母覺得結婚可以省下六百萬投資移民，很划算，這他媽的甚麼話，千萬不要覺得……她沒仔細聽他的話，那大概也是從同一部安慰人的辭典裡抽出來的用詞。她只感覺，自己忽然有了一個六百萬的身價。這並不代表甚麼，但不管如何，忽然有了這樣一個價碼貼在自己身上，總有可以稱之為羞恥的不潔快感。這種快感無關性別，只是因為可以暫時懸擱對於未來的憂慮，而摸索到了自由的模糊輪廓。更何況他比她還要生氣，那使她有種他終於從夢中醒過來的感覺。聽他狼狽地講了一陣，她只提出一個訴求：以後多陪我出去走走，少睡點吧。

只是就從那天開始，她察覺到他身上拼裝了一層小心翼翼的外殼，那就像體臭與皮屑一樣使人反胃。她下課或是打工回家過後，他雖然還是躺在床上沒錯，但都醒著在被窩裡探出眼睛來向她問好；她提出約會，他就一副很想要去的樣子，但在路途卻掩蓋不住沒精打采；她想買些甚麼，他就搶著結帳，彷彿一切都只為贖罪，贖一個關於金錢、國籍或家庭的罪，一個關於逃亡的心虛的罪，必須通過過度殷勤來彌補。他們多了很多行程，好些睡眼惺忪的路途，在機車後座他的語言像從夢裡拔出來，徒勞地嫁接在她的意識上。是以，某次完事後，她把身體轉向床的外側說：你其實不必這樣。

不必怎樣？他問。

你這樣讓我覺得自己好像被買下來了。

所以妳真的有為那件事生氣。他的聲音從後轉來，像隔了一整個海峽。

我沒有，我不是……她氣得結巴，不是這樣，你不懂，我……

不過直到最後，他始終沒有教她講張國榮的對白，他講的是梁朝偉的。翻唔到轉頭。她背對著他唸了幾次，口音歪斜得像抖落一身灰塵，最後終於忍不住笑，回身埋進他懷裡。那刻，她聽見他脆弱的心跳，每一下都像他棄用的母語。

其後他們多了個固定行程，每個周末騎車出去看房。在那六百萬的經費裡，他說服父母讓他們先選一個單位，付頭期款，日後退休移民也是方便。沿著捷運網路，他們就一站一站騎，有時夜晚還有力氣的話，就外出約會喝兩杯，一些不怎麼樣的破爛小酒吧，沒幾個客人，除了便宜啤酒甚麼都沒有，舊夢一般苟延殘存的時代遺跡。沒有通宵巴士的城市不宜太醉，不受時刻表約束的判斷太易出錯，有一晚他們喝得不夠盡興，阿嵐就胡亂點開地圖上附近一家日式酒吧續攤，跟薇希進去兩三杯調酒後看到帳單，嚇得酒也醒了大半。這跟香港同價了吧，他說。她說，這裡是台北啊。

隔天，他們頂著三十九度高溫去看房子，路上的熱氣幾乎模糊視線，天空藍得接近殘忍，隨時可以把底下的行人直接灼熟燒紅。阿嵐抬起頭，被曬得半瞇著眼睛，在機車越過淡水河時，汗把他的瀏海擰成一團，衣服溼得幾可看見整片胸膛。他在她耳邊幽幽地說：莫梭就是在這太陽下殺人的吧。她問，莫梭是誰？四周的機車多得不可思議，周末好像每個人都有非出門騎車不可的理由，把整個大台北填得像一條密集工廠生產線，每個人都在豪賭出意外的不是自己。薇希努力地迴避著左穿右插的機車，但無論如何都像被一隻鋼鐵巨手捏在掌心無法動彈。阿嵐說，他是個偉人。她問，他做了甚麼？他說，他蓋了些大廈，然後在即將完工時，一動也不動。

機車駛過新莊，他說，幾年之前他曾每夜流連一家日式小酒吧，那條路叫麼地道，Mody Road 的直譯。Mody Road 上又有 Mody House，整棟 House 每層都有由日本人開的酒吧，進去時侍應都會先用日文問有沒有訂位，然後再用英文問一次，最後才用廣東話。沒有人知道 Mody 是誰，為甚麼有一條路又有一個 House，裡頭又為甚麼是一堆日本人在開酒吧，使人相當わかりません。我通常都會去七樓那家，跟店員很熟了，有時我還會夢到他……他是男的。他會問我想要甚麼口味，偏甜還是酸，果味還是酒味比較重，想用哪種基酒，口感要強的還是順的，那讓我覺得，喝醉失去理智之前還要經過這麼精密的化學計算，一切都矛盾又可笑。我們會坐在窗邊，看著大廈對面的大廈，以及大廈後方的更多大廈，像個鐵色的巨大密林。每棟大廈都亮著燈，那些燈都代表，還有人沒有回家。也許他們根本不想回家，可能過十幾分鐘後，他們就會關上燈，來到我這邊，點一杯調酒把自己的意識關在身體裡面，當作已經回家了。

有一晚，我和幾個舊拍檔上了Mody House，那天店員跟我說來了一款特地訂購的伏特加，要不要來點烈的，調杯Kamikaze。我說可以，這時樓下忽然響起劈啪聲響，我們就衝到窗邊去看，已經看不見馬路啦。到處都是煙，我們就好像浮在半空中那樣。那時我想，樓下一定很臭，臭得令人想哭，一邊哭一邊覺得難以想像，這世界居然會被認為是最好的一個。所有顧客都在窗邊並排，卻沒有人碰到別人的肩，好似大家都隔得好遠，這很奇怪吧，但那一刻我覺得所有人都在逃跑，一動不動地逃跑，從時間逃跑，拖著所有東西跑……

阿嵐忽然沉默。薇希問，然後呢，你有順利回家嗎？他說，把車停一下，我剛剛好像看到了些甚麼。他們把車停在林口站旁，走到旁邊的大路上。林口的馬路極寬，寬得有種首都的感覺，兩旁還有人行道跟綠化建設，很快，阿嵐就知道了這種感覺為誰而設。他沒看錯，當薇希隨著他走回來時的路，他抬手指著一塊掛在大廈外壁的廣告牌：十八至二十二坪，代租代管，十年防水保固，住宅名為，蘭桂坊。烈酒的氣味如若夢境，從他的敘事提前移到這裡，彷彿一個陷阱，早已準備好捕食移民者。她看著他，他看著廣告牌，眼裡倒映著一個鋼筋水泥的夜間城市，每個裂縫裡都夾著鈔票。他動彈不得，似笑非笑，雙眼無法挪開那三個字。薇希就在那裡跟他站了很久，很久。

回家途中，路上的行車變少了，也許在炎熱的午後所有人都已抵達他們的目的地，或中途放棄在這酷暑中煎熬，而選擇回到自己的窩。一切都說不準。但馬路上的人不改本色，這個城市裡從來沒人願意保持安全距離。在淡水河前，一個十字路口待轉區裡，薇希載著阿嵐等候一個九十秒的紅燈。旁邊一個白背心老伯突然從騎樓竄出，破舊的機車差點直接攔腰撞上他們，當然沒有道歉。他就徑自停在他們旁邊不到十公分處，撲面而入的是老人體臭，黏稠、苦澀、刺鼻，好似可以永遠依附在鼻腔深處。

她聽見阿嵐低聲地問：為甚麼總是靠那麼近？

然而，在他說話時，她感覺到了他環著她腰的兩臂更為用力，彷彿想把自己揉進她的後背似的，彷彿，他的胸口穿越了一層汗液，一件衣服，另一件衣服，另一層汗液，她的皮膚，直接壓進她的內部，貫通到最深處的地方，沒有語言與意義的地方，最為崇高與卑猥的地方。再一次的，她猛地自覺是個容器，只是這次全然盛滿溢出來了，是她長久以來的拼裝，終於大功告成。她把安全帽的護目鏡托起來，抬頭看去。

在馬路兩旁林立的大廈之間，可以看見澄藍的天際線，一路延伸到視野的最遠處，其中，一條短短的飛機雲，蒼白地往前延伸數公里，像隻閉著的獨眼。她就想伸手把它掰開，看看後面有些甚麼。可能甚麼都沒有，但也有可能，她傾向相信，在那裡頭有著他的夢境將如瀑布，從高空彩色地朝她的意識溫暖地傾瀉而下。

亂流

1.

幾年前，我接了個台灣宣傳官方文藝活動的案子，要去專訪一個香港詩人，由於沒甚麼發揮空間，又有字數限制，所以我在訪綱上就只列了些無關痛癢的官腔問題：這次參加活動的詩有甚麼特別啊，你為甚麼開始寫詩啊，你寫詩時通常關注甚麼議題啊。諸如此類。詩人看了看我的訪綱，又看了看我，就像在看馬桶裡的屎跡。

我問：你書寫關於香港的詩時，有沒有想過要為外地讀者帶來甚麼香港特色？

詩人：大佬啊，難道埃及詩人每一首詩都得寫金字塔不成？

我好久沒回香港了，已快忘光那邊還有甚麼特色。我的記憶力堪比金魚，吹水時嘴角也會冒泡。不過現在的香港也很難說「回」這個字，就好似火鍋吃到一半時去上廁所，回來時食材已被全部換過一輪，話題也變了，後來發現就連身邊的人都不一樣了。現在我跟朋友都在線上喝酒，開著視訊會議，人手一罐啤酒。他們通常都在家裡，又或在樓下公園倚著街燈抽煙。家庭是室內禁煙把關得最嚴格的地方。

沒人舉杯敬酒。

如果有人喝醉了問一些爛問題，比如以後該怎麼辦。我們都會說：管好你自己的事。

在線上喝酒時，所有人都在抱怨被疫情搞得沒辦法去旅行，所有人都想去日本，大阪京都東京九州北海道的景點人人如數家珍。中國的畢飛宇說，日本不是一個國家或民族，對於當代世界而言，日本是一種形而上。

簡單來講，日本是一種精神故鄉，光是從機場出來看到蒼藍色的天空就值回票價。過往還在公司當打工仔時，有個周五我提早下班趕去機場，在大阪暴飲暴食兩天後又飛回去上班。這或多或少也是種旅行上癮。

根據內容農場，旅行上癮者無法忍受自己被釘在某一個城市，如果太久沒有出去走走，就會覺得莫名的煩躁和壓抑。依照這個寬鬆的定義，一半以上的香港人都患有旅行上癮。

我是香港作家，我每篇文章都寫其他地方。

大佬啊，難道香港作家每篇文章都得寫天台和劏房不成？

香港人想去旅行，想買樓，想買車，想移民後還被當作是香港人，想有複數以上只對自己忠貞的伴侶，想不被人針對的同時隨意辱罵別人，想瞧不起地球上除了貓狗以外的任何一種生物，想團結想搞革命，想生活充滿高潮，沒有開端與結束，只有高潮，故事曲線是一條高高在上筆直往右的紅線。

沒有人知道高潮以後該怎麼辦。孔子與耶穌說，初戀無限美。張國榮說，不如我地由頭來過。於是所有人都從頭來過，跟著高潮走。

在網路上想要找到新的高潮不需要一分鐘，大概夠放兩條 YouTube 或 TikTok 幹片。

時間寶貴。

在網路上有個鬼佬說，跑酷時大喊「Parkour！」就像在做愛時大喊「Fuck！」一樣，都沒甚麼意思，而且很蠢。

「香港！」

我還是很想去日本，就算之後旅遊解禁了，我想不少在外生活的香港人也是會選擇先去旅行，再來想回不回香港。我應該會跟香港的親人朋友說，你們先買機票，我們可以直接在桃園機場碰面，待會見。

在網路上也有個日本AV從業人員分享說，男優的工作辛苦得外人難以想像，比方說在拍騎乘位時，男優需要平躺好，讓女優在他身上扭動。但他的雙手姆指必須插進冰水裡，用來分心以防過早射精。與此同時，攝影師會蹲在他臉上來替女優拍特寫，換言之，男優得一邊盯著攝影師的屁股一邊還得維持勃起不射。

你知道男優會想甚麼嗎？他會想：待會見。

疫情時期，我在社交媒體上看見有個好友當選了香港區議員，想為城市出一分力做些甚麼。他以前只是個搞學術的傻鳩，滿口法國理論跟文學，吃大牌檔時在我耳邊講一大堆德勒茲瓜塔里。後來受到了政治感召成了偉人，他雙手插進一團髒水，這個時代蹲在他的臉上，政權的睪丸在他頭上不斷舞動。保加利亞那邊有句諺語：「有人說，我們的政府搖搖欲墜。羊的睪丸也會晃啊，但是它們不會掉！」

朋友入獄前對大家說：待會見。

2.

幾年前還在香港的時候，我常常跑去旺角東的路邊酒吧喝到凌晨三四點，後來成了議員的朋友每次都說會來，然後就會放鴿子兼已讀不回。那時候廷璋、柯梓、馬修、阿傑還好端端的。我們坐在戶外的高腳椅上一邊抽煙一邊罵這罵那，弄得整個桌子全是煙灰，彷彿天底下所有事也需要我們的道德感作出裁決。這個人偷懶，那個人偷情，這個人貪小便宜，那個人貪得無厭，這個人聽不懂人話，那個人聽完事情會告狀。諸如此類。這行為由女人做可以稱之為八婆，由男人做可以稱之為噁心。

同性戀通常選擇自稱前者。

你看，一談到性別議題就會忘記胡亂議論別人不是好事了。

管好你自己的事。

在疫情還沒爆發的時候，每次喝酒都會有人剛好從日本回來，帶來幾盒日本煙分著抽。薄荷 Sevenstar，Winston，Caster，諸如此類。香港海關有法例限制每人只能帶十九根煙入境，這法例的效力堪比年滿十八歲才能進入此網站。

廷璋畢業後順利當上空少，他說，這工作最爽的是看一些中國人在機上忍不住煙癮跑到廁所裡抽，當煙霧感應器響起時他就會敲門，「機上禁止吸煙。」「我兒沒兒有兒。」他就會請那人開門，告訴那人，飛機的馬桶不是把東西直接噴出機外的，機上有一個儲存箱，一打開就會看到你的煙蒂了。

根據法律，在飛機上的違法事項將交由目的地的法庭裁決。一降落後那人就被美國機場特警押走了。

廷璋一臉淫蕩地說：待會見。

沒人會懷疑廷璋的性向，這傢伙從頭到腳沒有任何一個細胞會愛上女人。他是那種會自稱老娘的八婆，以掰彎直男為樂的混亂邪惡。他之前有次不小心玩得太嗨，早上搭地鐵回家時還大便失禁。據說我先前訪問的香港詩人完全是他的菜。

我跟他說詩人看著我就像在看馬桶裡的屎跡。

他說：老娘不介意給他看我的屎跡。

一切快樂的事通通都過去了。

後來我回到台灣，抗爭爆發，疫情爆發，為甚麼這些鳥事的動詞通通都是爆發呢？沒有人可以把時代的手指插進冰水裡，再用屁股蹲在它臉上讓它冷靜一下嗎？

保加利亞的羊睪丸還是天天晃來晃去。

「香港！」

3.

從來沒人知道革命之後怎麼辦，甚至沒人知道每一次抗爭之後怎麼辦，是散是留，是攻是守，是突破還是開花。高潮只有最初幾小時，後面的都是沒有詩意的餘韻。那些餘韻捲走了包括但不限於：阿傑的肺功能、馬修的左眼、柯梓的右腳，還有廷鋒，他是廷璋的弟弟。
最初他相信弟弟只是去了暫避風頭，以後會能再聯絡上。

沒人知道之後那兩個月發生了甚麼。廷璋的弟弟還沒回來，大家也不敢說甚麼。一切照舊，群組裡還是傳著些垃圾話。這個人偷懶，那個人偷情，這個人貪小便宜，那個人貪得無厭。廷璋都沒有回應。

那陣子阿傑吸太多催淚彈，後來有天抽煙時吐出血塊，看醫生才知道肺功能永久受損。那時，廷璋正在莫斯科紅場排隊看列寧墓，共產主義的先驅被製成木乃伊躺在那接近一個世紀。他想，不是甚麼人死去時都能保有完整的遺體。

那陣子馬修左眼被橡膠子彈命中，幸好有戴護目鏡和眼鏡，否則可能連腦袋都被打開花。那時，廷璋正在波蘭奧斯威辛集中營，德國人在撤離時摧毀了大半證據，但時間倉促，仍然留下了一堆準備用來製造毛毯的猶太人頭髮。他想，回家時得好好檢查弟弟有沒有留下來的頭髮。

那陣子柯梓在公共廁所換裝備時發現裡頭全是便衣，被塞進廁格狠狠打了一頓，如果不是幸好有一大群人來換裝，他想那晚就會被沉到海底。那時，廷璋正在廣島的原爆紀念館，那裡紀錄了當年一個小女生因為核輻射患上白血病，她的紀念碑上寫著「只要不再戰爭，悲劇就不再重複。」

諸如此類。

那陣子廷璋的弟弟沒有回來，後來也沒有回來。

政權的罣丸坐下來了，所有人都插在冰水裡。

那年冬天，我跟廷璋在日本喝了一晚上酒。他向公司申請在大阪多留一晚，我從台灣出發。我先去心齋橋買了一大堆維他命丸與胃藥，晚上十點多在道頓堀找到了剛吃完蟹肉套餐的廷璋，決定隨便找個地方喝兩杯。那晚我們犯了一個致命的錯誤，就是以為在日本任何一家樓上酒吧都有尖沙咀麼地道的日本吧那麼高質。

當我們推門進去，有幾個金髮小混混在唱Ｋ，一群狗男女在角落摸手摸腳，店員們在擲飛鏢。其中一個向我們走來，發現我們不懂講日文後大驚失色，我們比他還不知所措，趕忙講幾聲「beelu」解決問題。

喝酒時不知為何，這店員硬要拿著一杯啤酒坐在我們旁邊，問我們從哪裡來，我跟廷璋對看一眼，說香港。店員問香港是不是中國，我們說不是。店員問香港是不是台灣，我們說不是。店員問香港有多大，我們說比沖繩還小一半，他瞪大了眼睛。我問他知不知道香港在哪裡，他搖搖頭わかんない。

整個晚上我跟廷璋說不上幾句話，結帳時還發現店員喝的啤酒全記在我們帳上。他點點頭 3Q3Qありがとう。

我看著他像看著日本文化的屎跡，形上學的屎不只是屎，還是屎的理形。

下樓後廷璋說：「之後我得常常來這了。」

我問：「你還會再來？」

他憂鬱地點起煙：「能多去一個地方就多去一個。」

一個蘇聯冷戰笑話：假設你在酒吧，有個陌生人在你身邊開始唉聲嘆氣，你該怎麼辦？

答：立即去阻止這種反共宣傳。

4.

我的議員朋友的罪名是「違反國安法及串謀顛覆國家政權」。沒人曉得這些詞語是甚麼意思。我曉得，翻譯過來叫做「管好你自己的事」。

我總覺得該寫封信給他，但我總不知道該寫甚麼，關心顯得虛偽，分享顯得薄情，至於交待近況嘛，難道香港作家每篇文章都得寫抗爭與疫情不成？

但我認為可以寫寫廷璋的事，後來他還是常常回去那家日本酒吧。不只這個，他還不停回去莫斯科列寧墓，不停回去奧斯威辛集中營遺跡，不停回去原爆紀念館，不停前往墨爾本跳傘，不停回去宮島大鳥居。一切都是高潮，沒有開端與結束，只有高潮，故事曲線是一條高高在上筆直往右的紅線。

波蘭的朵卡萩寫道，「在整個地球上，無論在甚麼地方，當人們睡著了，在他們的頭腦裡就會迸出一些雜亂無章的小世界，它們像浮肉一樣，長得非常大和快。或許存在這樣的專家，他們知道其中每一個單個的夢的意義，但誰也不知道所有的夢加在一起意味著甚麼。」

把所有的夢都加起來意味著，違反國安法與顛覆國家政權。

我的朋友廷璋患上的，是壓力性旅行上癮，自從他弟弟失蹤的那一刻起，這病就馬上爆發且不斷惡化，其危險程度介乎於形上學與屎跡之間。只要他閉上眼睛恍神一下，就會馬上回到從弟弟失蹤過後所去過的每一個旅行景點。他說，早知道就只去好玩的地方。

要是有早知，我朋友還是會決定參選然後被捕的，沒甚麼早不早知。

「香港！」

現在我跟朋友都在線上喝酒，開著視訊會議，人手一罐啤酒。他們通常都在家裡，又或在樓下公園倚著街燈抽煙。沒人舉杯。廷璋不在裡頭，他正接受治療。

不，不是因為旅行上癮。他確診了，他全家都確診了。

沒有弟弟，他弟弟沒有回來。據說廷璋某次病發時旅行到過現場，那是他唯一一次去了自己沒去過的地方。我說，那就不是病發，只不過是做噩夢而已。廷璋說，弟弟的遺言是警犬屎眼被狗屌。我說，警犬的屎眼當然被狗屌，難道給你屌嗎。

廷璋說，只要他閉上眼睛，就會被旅行經歷扯著走，無論是好的還是壞的旅程，他都沒有選擇的權利，只能任由一種神秘的力量擺布，替他作出決定，一次又一次重新回溯過往旅行時去過的地方。買票，上車，在交通工具裡如若躺在吊床上搖搖晃晃，抵達終點，觀光。周而復始。他說，在跟我說話之前，他剛剛從奧斯威辛回來。

我問他香港和奧斯威辛現在還有甚麼分別。

他說，納粹會等乘客下車後才處決他們。時間寶貴。

後來我們在喝酒時還會問到廷璋的下落，沒人知道。不過你大概也不會知道大學時坐你隔壁那個人去哪了，這些人會在你畢業後的人生裡餘震好一陣子，然後徹底淡出消失不見。如果他們再次出現，就會是完全不同模樣。火鍋裡的料被全換光了。大學一年級上創意寫作課時坐我隔壁的女生還當選香港小姐冠軍呢。

管好你自己的事。

而廷璋沒有停止旅行，從弟弟失蹤那刻開始，他就能按停時間，另存新檔，任何一段旅程對他來說都近在咫尺，有如隨機播放的ＶＲ影片合集。我總是想，他是不是想通過這種方式找回弟弟？但他的弟弟不可能存在於任何一個他所到過的異國，那些澄靜空氣或特異服飾，偉人與平民的屍體，災難以及重建，那些就像浮肉一樣，長得非常大和快。或許存在這樣的專家，他們知道其中每一個單個的旅行的意義，但誰也不知道所有的旅行加在一起意味著甚麼。

我希望我正在坐牢的朋友看到這篇文章時並不覺得它像馬桶裡的屎跡。

5.

廷璋在倒數進入二〇二〇年時閉上眼睛，瞬間就到達了墨爾本。從盒子山開車出發半個小時就能到雅拉河谷，他正準備去跳傘。那是墨爾本最大的葡萄酒產區，廷璋搞不懂跳傘是怎樣跟葡萄酒扯上關係的，也許有些人要喝得夠高才敢從飛機上跳出去。車子穿過一大片田野，繞過高爾夫球場，就看見有些同樣來跳傘的華人還有幾個工作人員在那裡等，正要舉手打招呼時，廷璋就睜開眼睛，已是凌晨三點。手機上滿屏的新年快樂和光復香港。他疲憊地閉上眼睛，又被帶到了宮島大鳥居。

他就像一條 YouTube 影片，裡頭插滿了旅遊廣告，每兩分鐘問你一次訂好機票住宿了沒。

在網路上有個傢伙嘲笑YouTube，我看的廣告裡頭居然插了一條劇情片，真是意想不到。

香港是插在一堆廣告裡的災難片，無論是廣告與災難片的金主都來自同一個組織。

一九九三年，林廷璋在伊利沙伯醫院出生。出生時，他沒想過自己是末代高考考生、沒想過要當中國人還是香港人、沒想過〇八年時覺得自己是中國人，一四年又得轉軚*當香港人、一五年前高喊平反六四，一六年後又有人說六四與香港人無關、沒想過自己是同性戀、沒想過自己的朋友們不是混帳就是無賴惡棍、沒想過自己全家都確診住院。

他的口頭禪是：我有說過要來嗎？

二〇〇〇年，林廷璋七歲，父母帶他到泰國旅行，這是他人生第一次離開香港。同團有幾個尚未踏入青春期的女生看他年紀小，趁大人不注意時嘲笑他，從後面戳他，拔他的頭髮，把他的手臂捏得瘀青。晚上

轉軚：立場改變。

回房間時林廷璋忍不住躲在被子裡哭，父母問他為甚麼不開心，是不是討厭泰國。他問：我有說過要來嗎？

二〇〇一年，林廷璋八歲，弟弟林廷峰出生。後來林廷璋才明白，父母在泰國每晚喝那麼多椰子調酒之後是去幹嘛了。他不確定弟弟有沒有說過要來到這個世界，也不知道他想不想來，只覺得剛出生的他像隻猴子。他後來才明白罵香港人像隻猴子犯有種族歧視，此前的人生都要被通通取消。

那也好像不錯，他想要被取消掉的生活包含過去，現在，未來。

二〇〇九年，林廷璋十六歲，林廷峰八歲。那年林廷璋發現自己喜歡上了同班的風雲人物，此人彈結他，唱歌，也會講笑話，就像從漫畫裡走出來那樣。他想，該怎麼接近他呢。那是智能手機剛剛開始統治世界的年代，於是他在Facebook上找到了他，隨便聊了一下。但他不知道之後該怎麼辦，對於學校沒教過的事，林廷璋心存疑惑，亦不知向誰請教。

這年，父母決定再帶他們去一次泰國，彷彿一程短途旅行是香港小孩成長中的必經儀式。這樣你們終於懂得為甚麼每次坐飛機都有一群仆街細路用廣東話哭嚎了。如果有人倡議所有小孩搭飛機時都得用皮帶綁在貨艙裡的話，肯定可以當選總統。

同團亦有幾個小女惡霸，然而這次，林廷璋的年紀夠大了，足夠替弟弟攔下孩童無意義且歇斯底里的重複惡意。當她們從背後伸出手時，林廷璋轉過身去，差點把那女生的手指硬生生地扳斷。晚上，他跟弟弟說：「以後如果還有這樣的人出現，一定要反抗。」

「怎麼反抗？」弟弟問。

「用手，或者用口。」林廷璋想了想：「要讓那些人感覺到痛。」

後來，他跟風雲人物偷偷在一起兩個月又分手了，分手原因是：他痛。但他還是累積到了足夠的經驗與自信可以在往後的人生自稱老娘與八婆。因禍得福。

二〇一二年，林廷璋十九歲，林廷峰十一歲。從這年開始，林廷璋住了兩年大學宿舍，在那裡他認識了阿傑，馬修跟柯梓。還有我，我負責帶啤酒。我們坐在大學的橋頂上喝，喝到醉醺醺時就肆意往下方高速公路的通宵巴士撒尿。那時柯梓一邊搖著下體一邊問林廷璋：好不好看？林廷璋舔了舔嘴唇，笑道：要看這個我寧可去公廁，那些阿叔比你還大。

那時我們天天喝醉，從天橋到公園，從教室到宿舍，我實驗出了自己連喝四發伏特加就會倒，阿傑喝醉了就想要不停抽煙，馬修會雙手不停在地上摸來摸去找眼鏡，但眼鏡一直好端端地架在他鼻子上，柯梓就會喃喃自語說想要初戀，渾忘自己已經交過十幾任女友。至於廷璋，他每次都會默默按手機，據說是在跟弟弟聊天。我們問他有甚麼好聊的，他搖搖頭：管好你們自己的事。

二〇一四年，香港下了七十九天暴雨，林廷璋廿一歲，林廷峰十三歲。有人在街上聚居，有人遊行，有人驚覺自己原來不是中國人，又有人驚覺香港自古以來都是中國神聖不可分割的一部分。林廷璋覺得，這也輪不到自己選，從宿舍搬回家後他習慣飯後與弟弟看一陣電視，然後亂聊一通。

林廷峰問，那些在街道上撐傘的人在幹甚麼？

林廷璋說，他們在做正確的事。

林廷峰問，為甚麼做正確的事要蒙面？

林廷璋說，因為做正確的事並不一定會成功，而失敗的代價很沉重，所以我們都要好好保護自己。

林廷峰問，我們？

林廷璋說，他們。

二〇一六年，旺角大火，林廷璋廿三歲，林廷峰十五歲。那時林廷璋已當上空少，我們的評價是「蠻適合的」。不過隨便一個大學生說自己當上空姐空少，我們也是會說蠻適合的。航空業是我們這世紀的神秘學，沒人知道它甚麼時候變得這麼蓬勃，回過神時，整個城市的精神面貌都繞著它轉了好多圈。

至少在疫情前我是這樣想的，幸好我沒錢買航空公司的股票。

網路上有個傢伙說，疫情最大的貢獻在於驗證了香港人一年不飛日本也不會死。

請立即停止這種反日宣傳。

有天，林廷峰在沙發上打著手遊，林廷璋下班拖著行李箱回家，制服還沒脫就躺在弟弟身邊。林廷峰打完一局後，轉過頭去說：哥，有事想跟你說。

林廷璋問，甚麼事。

林廷峰說，你是不是喜歡男生。

林廷璋說，管好你自己的事。

林廷峰說，我也是。

二〇一九年，林廷璋廿六歲，林廷峰十八歲。從七月開始，林廷璋每次回家都能聞到弟弟的衣服一陣惡臭，刺鼻得讓人淚流滿面。他們坐在沙發上，他問，是不是有去。弟弟說，我在做正確的事。他問，順利嗎。弟弟說，有一個同學失蹤了，有一個逃去台灣，現在我和男友兩個人打遊擊。他問，考大學還好嗎。弟弟說，月底才知道。

林廷峰最後考上了大學，但幾乎沒去過上課。在九月事情發生的那晚，林廷璋正在機艙裡做著廣播：我們即將通過一段不穩定的氣流，為了您的安全，請先留在座位將安全帶繫緊，並不要使用洗手間。

隔天，父母在群組問弟弟在哪。過了一天，父母再問一次。

二〇二〇年，林廷璋廿七歲，林廷峰十八歲。

二〇二一年，林廷璋廿八歲，林廷峰十八歲。

6.

疫情嚴峻全球禁飛，航空公司大裁員，林廷璋驚訝發現原來這個時代要開除員工只要在訊息群組裡進行點名，約個時間回去交還制服和簽署文件就好了。跟他同期的機組人員大多都被裁掉，心情鬱卒之下他們決定去唱Ｋ。唱完過了幾天，其中一個同事在群組裡說自己確診了。然後，林廷峰跟父母一同搬進了隔離病房，其後輾轉到了醫院。

後來他們才發現那晚所唱的那些流行歌，原唱們不是支持香港警察就支持新疆棉花，活像把演藝生涯搞成災難片中夾雜的移動廣告，把一代人的回憶染上屎跡。林廷瑋感到自己的口腔裡滿是血腥，沒人能碰上更沒有意義的確診理由了。就算是吃火鍋時染病，至少還能酒醉飯飽。

我有另一個空少朋友，被裁員後他一時間找不到別的工作，跑了去酒吧駐唱，結果後來酒吧因為限聚令無法再開。他最後投身了Ubereats的懷抱。在香港幾乎沒人會騎機車，在城市裡踩單車也基本上是找死，我朋友就背著食物袋，在夏天拿著手機地圖東奔西跑，還試過跑樓梯送上唐八樓。走到八樓時，他想過要不要就這樣跳下去一了百了。

柯梓說：「其實現在找工作也真的不難，畢竟嘛，香港地……」

我問：「那你找到了嗎？」

相信不用我複述他講了甚麼。

剛被裁員時，林廷璋回到家後父親都會問他找到工作了沒，他總是說，面試官要他回家等消息。電視新聞正播放著疫情新聞，但總有機會話風一轉講到美國疫情又破新高，各地民眾抗議示威，爆發零星衝突等。就像一篇拙劣的散文，寫不到兩句就沒自信地重複自己的中心思想：我覺得活在香港真幸福。諸如此類。

父親盯著電視，喃喃自語：日子還怎麼過。

林廷璋回頭看去，母親放下手機，別過臉雙肩顫抖。

他閉上眼睛，一瞬間如穿過黯黑隧道，回到了寧靜的日本。

迷糊恍惚之間林廷璋下了一個決定，不帶手機，在日本靠地圖到處亂跑。飛機在廣島降落，他就到酒店丟下行李，拿了免費地圖就出發往宮島去。

宮島的大鳥居蓋在沙灘上，隨著潮漲潮退有時顯示出矗立在水上的模樣，有時又慘兮兮地孤獨站在灘上。不過只有後者的時候，遊客才能跑到它的底部擺出可笑的姿勢拍照，穿著桃紅色衣服的大媽在鳥居下擺出大字形的姿勢，看起來像燒臘店門口的乳豬。林廷璋沒有先檢查潮汐時間表，打算到了宮島就等候潮漲，反正他已經沒甚麼想做，也沒甚麼地方特別想去的了。

結果到了宮島後，才發現大鳥居以趁著疫情時旅客減少，開始了長時間的整修工程。林廷璋坐在路邊的大石頭上，把地圖隨手丟到一旁，呆望著被鷹架包裹起來的鳥居，看起來就像個殘障老頭扶著鐵製助行器。

喀嚓一聲，他轉頭看見剛丟在地上的地圖被一隻鹿啃了大半，大概是因為旅客減少了，牠們如今看見隨便一個人把東西丟到地上就會搶著吃。

林廷璋看著沾滿了鹿唾液的半份地圖，心想，我這不就回不去了嗎。

於是他來到了慕尼黑，下機時已是晚上十點，天已全黑。他獨自到了旅店附近一家小酒吧，裡頭都是些穿著連帽運動衫的大學生們，他毫不費力就認識了一個。只是才剛聊到興起，他就發現自己的煙抽光了，就邀那大學生帶他去買煙。那男生笑著點頭，獨自帶他走出酒吧，往街角的加油店走去。

林廷璋遠遠就看到幾個工作人員在裡頭抽著煙，有一個甚至倚在油槍架子上。他指著裡頭問德國男生這是不是正常的事，他用彆腳的英文說，我看不出有甚麼問題。

他想，也許香煙盒子上應該加一個告示：吸煙導致爆炸。

遇上亂流的那天，也許因為是颱風，林廷璋在飛機的茶水間裡感到心裡有甚麼如陀螺旋轉，彷彿身體隨著它每轉一圈就被削得更薄，有一條隱形的絲線被扯斷時發出了尖銳的撕裂聲，最後隱約發出了淡紅色的肉光。那天，他明確知道有甚麼事情發生了，只是他一心祈願著，發生的事情最好是落在自己身上，讓飛機爆炸吧。

地獄就是這樣，災難攻擊人類的角度是意想不到的。

中國的畢飛宇說，熱愛是一種特別的力比多，它分泌出來的東西就叫直覺。直覺也有撲空的時候，但是，一旦對了，它的精準度遠遠超過邏輯。

因此，林廷璋在那一刻就知道了。他只需要一瞬間就知道了。那一刻，他在等待氣流過去時閉目養神，忽然就到了旺角街頭，街頭巷尾都有防暴警察在鎮守，而男友早就走散了。最後，他咆哮一聲：「警犬屎眼被狗屌！」就往防線衝去。林廷璋發覺自己的肩膀正被搖晃，他抬頭看去，一個剛剛大學畢業的空姐緊張地看著他：「不要在機上說這些。」

那晚他回到酒店，不敢傳訊息去確認。隔天，父母在群組問弟弟在哪。過了一天，父母再問一次。

從此時開始，林廷璋每到一個新的地方，就像存檔一樣。在異地碰過的人，經過的風景，吃過的東西，開過的門，說過的話，跌過的跤，醉過的酒，做過的愛，一再重複。一齣未經雕琢過的紀錄片，一份未排列過的非虛構寫作，一條空中服務員的工作路線圖，一部香港人的精神史：離開，繼續離開，離開直至沒有東西可以被離開為止。

但我們終究是要回去的。

難道香港作家每篇文章都得寫非香港不成？

7.

之前訪問的香港詩人，不知道是不是因為我用一堆官腔問題都能寫出一篇像樣的報導讓他增加了好感度，後來我們就成了朋友。去年他搞了個寫作計劃，叫我交篇散文來寫在香港寫作有多麼困難。弄得像法國哲學一樣，總想花時間去長篇大論分析自己在做的事有多麼困難可貴。但這個計劃的本意是好的，因為現在在香港搞文學，實在太多莫名奇妙的難關，把它們記錄下來算是責任。

時間寶貴。

一個蘇聯冷戰笑話：社會主義制度的優越性在哪裡？

答：成功地克服了在其它社會制度裡不會存在的困難。

我在寫這篇文章時想起了議員朋友，他那個時候還未坐牢，但全香港都知道他這牢是坐定了，換句話說，先在家做好心理準備，預約收監。那時我想，以後最困難的是怎樣跟他溝通，如今寫信進去還得先經過監獄的審查機構，就像寫散文前要需要經過意識形態審查那樣別扭。那時我想像，「不如這樣，我們相約在同一天、不同地點，想同一樣的事，做同一樣的夢，如果可以，讀同一樣的書，當天晚上寫信告訴對方感想。」

日子難熬，但希望如果有好的事情發生，這些事情可以共享。

林廷璋也在想這樣的事，在那穿過亂流的夜晚，他如同受到宗教感召般，相信弟弟還存在著一小部分，正在從遠方的旺角黑夜中離體，原地升空，從高樓大廈中飄起，掠過維多利亞港，如飛鳥沒入雲層，而大海開始潮漲，漫過城市，漫過山丘，剩高聳入雲的大廈像鳥居般祈求平安。而弟弟將如跳傘一般，準確地乘著這波亂流落入他的胸腔，他雙手抱胸，感到體內正在沸騰，如一個靈魂以他的肉身作為媒介，重獲新生。

在那刻，他將安全帶繫緊，把弟弟的存在攫緊於胸口。

波蘭的朵卡萩說，人的頭腦裡會迸出一些雜亂無章的小世界，它們像浮肉一樣，長得非常大和快。而這些浮肉是弟弟日漸散逸的一切，他的過去，現在，未來，此處，他方，內面，外面。

在一切散逸殆盡前，他要帶它們遊歷遠方。

8.

在那段混沌而凌亂的歷史時刻，林廷璋穿上制服，塗上香水，佩戴起職業微笑，一次又一次進出城市的邊界。他的同事說，他的黑眼圈讓他看起來像個熬夜趕作業的大學生，失去光澤的眼神又彷彿像個夜宿果欄的流浪漢，但只有他本人曉得，工餘的時間他已全然分配給林廷峰，在殘酷與血光的一剎那過後，他自認有責任把時間分給弟弟，使他的靈魂如背包般長期掛在他的肩上。

當馬修被橡膠子彈射中眼球時林廷璋和林廷峰身處在莫斯科，當阿傑咳出血塊時林廷璋和林廷峰正在奧斯威辛，當柯梓被一群便衣圍毆時林廷璋和林廷峰正在原爆紀念館。世界是個巨大且相互關聯的結構體，把所有差異與重複的線索統合起來時，所指向的無非是傷害與殘忍。林廷璋不知道該如何面對這一切，時代像一架波音低空飛過，轟鳴聲使人瞬間失去思考能力。恢復過來時，所有人都被亂流刮得千瘡百孔。

鐵灰色的莫斯科接近零度，城市人的眼眸彷彿透出一層冰光，把數十年來的陰鬱切成一塊麵包端到任何人面前。林廷璋在人群中穿行，跟弟弟解釋自己要去哪裡，想做甚麼。林廷峰不置可否，彷彿正在旅行的並不是他自身，而是城市本身隨著他的喜好而變化容貌，莫斯科成了一張巨大的地圖，任由林廷璋在上頭指手劃腳，每作出一個手勢時地圖的形狀又變化了一點，務求使林廷峰感到滿意。於是，林廷璋發現莫斯科人的步速好比香港，如一群銀魚迅速切過水面，留下時間與空間的漣漪，讓人的意識被既視感侵襲時發出了很古怪的攪拌聲。林廷峰說：去下個地方吧。

沿著廢棄的鐵軌一路前進，盡是殘破老房，如工廠般的設計在近百年前圈養過被視為畜生的猶太人，有一天，他們被帶離家園，推上火車，其後抵達了奧斯威辛。穿制服的人說，先去洗個澡吧，他們一洗就把靈魂沖出了肉體，而遺留下來的肉體被製成肥皂，製成毛毯，製成龐大殘暴的戰爭機器的註腳。林廷璋與林廷峰走進展覽館，裡面即使站滿了人仍是鴉雀無聲，有些人眼中凝滿水光，有些人因驚駭而顯得哀傷，諸如此類。德國人在撤離時摧毀了大半證據，但時間倉促，仍然留下了殺人淋浴間，頭髮鞋子與行李箱，諸如此類，像個孩子被抓包時來不及藏好的玩具。林廷峰說，夠了，去下個地方吧。

入目之處盡是巨大黑白照片，纏著繃帶的少女，毀壞成廢墟的城市鳥瞰，一朵衝天而起的蘑菇雲，此後只剩無盡的嘶吼哀嚎。有顏色的群眾穿行於黑白的歷史裡，以眼神撫摸被時間洗滌得褪色的遺物：扭曲變形的三輪車，小學生沾滿血跡的制服，被汽化黏在牆壁上的人體殘骸陰影，因被核污染而染色的黑雨所流過的牆壁。諸如此類。當年一個少女因為核輻射患上白血病，住院時好友們替她折了一千隻紙鶴祈福，其後她仍然不敵病魔過世。在之後每年的和平紀念日裡，民眾仍然會自發在和平公園放下千隻紙鶴，少女的紀念碑上寫著「只要不再戰爭，悲劇就不再重複。」

諸如此類。

「為甚麼我們總是在觀看跟死亡相關的事？」林廷峰憤怒地捶打著路燈，一群烏鴉沉默地飛起，在和平紀念公園的天空劃出一個難解的符號。「為甚麼就不能看一些快樂的事？你千里迢迢從香港跑到其他地方，就是為了觀賞陌生人的死亡奇觀？」

於是他們潛入黑夜，潛入酒吧與酒店，潛入慾望與激情，從百貨公司到餐廳，從跳傘到潛水，把一切暫時放到後方與旁邊。只是林廷璋驚駭察覺，所有行為都有死亡作為陰影。昔日的、離不開的城市在呼喚他，提醒著他被橡膠子彈射中的馬修，咳出血塊的阿傑，被便衣圍毆的柯梓。然而林廷峰說，你專心去旅行吧，你甚麼都不能改變，你甚麼都做不到，你唯一能做的是帶我去旅行。某個夜裡，當林廷璋第一次與德國人做時，快感在他面前敞開了冥界的大門，彷彿一伸手就能撫摸到死亡那濕凍的輪廓。在那陣子，林廷璋選擇不斷離開，不斷加班，從東半球到西半球，從飛機到火車，從語言到手勢，從慾望到沮喪，不曾停止。法國的昆德拉說：他的家在他的步履中，在他的腳步裡，在他的旅程之中。

而林廷峰說：這樣不夠，去下個地方吧。

那時林廷璋隱約察覺，在夜裡或是疲乏之時，閉上眼睛他就會抵達旅行過的地方，但他只覺得這是長久遷移所造成的工傷。有大半空姐空少在休息時也會回憶到所去過的異國，而林廷璋並不介意讓弟弟再去一次那些地方，回味異國所帶來的感受。只是很快，這一切就如他親手栽下的種子，以航空般的速度開枝散葉茂盛地覆蓋他的意識，把他塑形成一份只能運作旅行數據的試算表。

在大阪的酒吧旁，他對我說，之後得常常來這了。能多去一個地方就多去一個。其時他仍未知覺，原來一切將會以病態的模式重複。那時他只是認為，帶弟弟多去幾個地方旅行，是盡了作為一個兄長的最後責任。如果弟弟想在他的夢中回到某些地方再逛一遍，也只會確定了他去旅行符合了弟弟的心意。

疫情給世界帶來的啟示是：無論一切看起來是個怎麼精密堅固的結

構體，只要其中出了一點意外，這個意外就會沿著緊密的關係網路蔓延得無所不在。在林廷璋交還制服與簽署文件後，他默默凝視一架降落的飛機，然後向空中一個淡漠的影子說：抱歉，我們不能再繼續旅行了。

而林廷峰的聲音彷彿神諭：那我們就往回憶旅行吧。

9.

此後，旅行幾乎佔據了林廷璋的所有時間，壟斷了睡夢與清醒，過去現在與未來，此地與他方，自我與他人的界線。他一閉上眼就回到死蔭的幽谷，再眨眼就抵達安歇的水邊，從痛苦到快樂的加速度比波音還要迅速，林廷璋自覺如同一個容器在水上來回滑移，斟進了些甚麼又倒出了甚麼。他不斷抵達遠方，又被拋擲回到現實世界，其間來來回回，其行動軌跡基本上就是個模範香港人，只是密度濃縮了幾千萬倍。

在那段日子裡，林廷峰重覆去了十八個國家，瞻仰了三百九十四次列寧遺容，參觀了二百五十六次奧斯威辛，目睹了四百三十五次人體殘骸陰影。他跳了二千一百三十二次傘，喝醉了五百一十七個夜晚，做了七百五十次愛，參觀了四百三十九次大鳥居。途中他迷路了二千一百三十六次，看手機七千三百五十六次，上廁所九百四十次，因太累停下來抽煙休息四千三百二十三次。林廷峰說「不夠，去下個地方吧」的次數比較複雜，因為有時是在回憶裡講的，有時又是新加上去的，一層一層每次複述時像混聲合唱般層層疊加。差異在重複時一次又一次提高強度，使他窒息。複調的聲音很難統計，但粗略歸納可以得出一個結論：次數介乎於大屠殺的死亡人數與勞改的人數之間，對林廷璋的精神負擔在於原爆與後遺併發症之間。

在病發期間，他曾跟我們一同約在線上喝酒，開著視訊會議，人手一罐啤酒。喝得興起時，林廷峰說：別在這裡浪費時間了，帶我去旅行。林廷璋絕望地吶喊：為甚麼你還想旅行？

林廷峰說：因為，旅行很快樂啊。

如若漩渦，所有旅行的經驗輪番重複，如若輪子，如若塔樓，如若陀螺，如若自轉與公轉，如若一個圈套，如若世界歷史。所有的事情在絕大部分的時間裡頭，都欠缺改變。極權，疫症，革命，愛情，親情，情緒勒索，旅行，追求夢想。

追求夢想這種行為應該拆分開來討論，追求是浪漫且永不止息的，而夢想是一個休止符。人是一台慾望機器，只會往無窮無盡的他方走去，而夢想在達成的一刻就會立刻滑移成過去式，成為里程碑，成為追逐下個夢想時的背景與踏腳石。而林廷璋在夢想的漩渦中狂暴迴旋，每天被迫看著一個接一個過往的成就。其後，林廷峰就會說：好了，去下個地方吧。

在住進隔離旅館時，林廷璋躺在床上，任由弟弟把自己的意識回溯了這大半年來的旅程，他順序跑了一次，又逆時跑了一次。在那些旅行經驗裡，他重重複複如痙攣般做著過往已經做過的事，絲毫無法改變任何動向。他問弟弟，這樣你滿意了嗎？林廷峰的聲音在虛空中帶著笑意：繼續。

確診時，有幾個護士經過他的病床，其中一個說：「他好像從裡面開始枯萎了。」另一個說：「他好像隨時都在看著遠方。」

林廷璋的意識如同彈珠玩具隨機彈射，把經驗和時序打成一疊難解的拼圖，越看越是不知所云。於是某天，他主動跟弟弟說，這次由他來帶路，要不要把主導權交給他。林廷峰不置可否，又說：「哥，這是你自己的夢啊。」於是林廷璋決定由順序跑起，從最初夢到弟弟在旺角街頭不知所蹤，其後在日本降落，台灣、印度、澳洲、美國、德國、埃及、摩洛哥。諸如此類。每到一個地方，林廷璋就如同初次那樣，給林廷峰介紹接下來的行程，他打算去哪，做些甚麼，當地有甚麼特色。

如若閒極無聊的小孩，睡前在腦海裡構築一個世界，一張地圖，指往何方就馬上抵達，每作出一個手勢時地圖的形狀又變化了一點。一切只有高潮，一條筆直往右的紅線，其後由頭來過。林廷璋凝視著白色的天花板，空間如迴旋梯般持續往上，不斷往上，而每層樓看往外面都是一樣的景色，一樣殘忍而平靜的天空。

於是他問：「要不要看些點別的？」
林廷峰問：「看甚麼？」
他說：「看你的旅行吧。」
林廷峰遲疑了一下：「但我只去過泰國。」
他說：「那就去泰國吧。」

於是他們抵達了曼谷，路上碰見的人面模糊，跟著導遊移動時如若閃現般瞬間到達了四面佛，又跳接到了水門市場，眨眼間又進了泰式餐廳吃晚餐。林廷璋無奈道：「這跟幻燈片有甚麼兩樣？」林廷峰尷尬地說：「太久了，沒甚麼印象。」兩個女孩子想從後方偷襲他，林廷璋轉過身去，差點把那女生的手指硬生生地扳斷。那女生眼裡噙著淚光，醜陋得如一頭野獸。

在那晚，他跟弟弟說以後如果還有這樣的人出現，一定要反抗。弟弟問怎麼反抗。他說，要讓那些人感覺到痛。泰國的風景模糊淡出，林廷璋舉目望去，醫院白花花的天花板隨著消毒藥水的氣味盈滿了他的意識，醫生和護士站在他面前，說準備進行手術。於是他閉上眼睛，一些雜亂無章的小世界像浮肉一樣，長得非常大和快。模糊恍惚之間，他到達了旺角街頭，刺鼻的硝煙與血腥氣貫滿了他的心肺，他想要用力咳嗽，卻又無能為力。在九月的那個夜晚，當警察包圍了街頭巷尾，而男友早就走散之時，弟弟高喊著：警犬屎眼被狗屌！

他睜開眼睛，看見醫生似笑非笑的眼神：「剛醒來就那麼火爆。」

林廷璋轉過頭去，猛然察覺，在諸多回憶之中，他從未知悉過弟弟臨終時的模樣，他有甚麼裝備，他的計劃與部署，他從未低頭看過弟弟的身體，視野只落在遠方，只有遠方，而甚至不知道弟弟的男友長甚麼樣子。多年以來，他跟弟弟傳訊息時只有講到自己，就像把自己的經驗切片分享給他，卻未留意過他說了甚麼。他向弟弟說到極權，疫症，革命，愛情，親情，情緒勒索，旅行，追求夢想。他說：我們在做正確的事。林廷峰問：甚麼是正確的事？他說：管好你自己的事。

他轉過頭去想看弟弟的臉，卻發現潔白的牆壁上只有虛空。一直以來都只有虛空。

林廷峰的聲音幽幽傳來：你對我的了解就僅止於此？

如若一架波音低空飛過，轟鳴聲瞬間剝奪了他的思考能力，如若一場屠殺，一場系統性的瞞騙，如若核爆的蘑菇雲，如若後遺症與無能為力，林廷瑋發覺，自己連眨眼的力氣都失去了，又察覺自己身後全是濕凍的冷汗，如若死亡從後黏在他的肉身，直迫靈魂。他穿過神社，穿過河谷，穿過集中營與戰爭遺跡，穿過遺體與鐵灰色的天空，抵達最初的記憶，在那裡，一陣亂流擊中了飛機，而他全心全意祈求著飛機會爆炸。在那片天空裡，弟弟正在等候著他。

當記憶被切碎重組時，林廷瑋感到自己的靈魂發出了很渾濁的攪拌聲，然而在最後終於有力氣去重新整理時，一切都已經過去，一切都來不及了。

「你只是我虛構的，」林廷瑋悲傷地說，「你一直都只是我虛構出來的。」

10.

二〇二〇年，林廷璋廿七歲，林廷峰十八歲。疫情導致全球封關，香港政府施政又像擲飛鏢做決定那樣亂搞一通，餐廳酒吧晚上不能去，朋友們就只能線上喝酒解悶。這對我來說比較有利，畢竟每次都可以看到柯梓喝醉在公園隨地撒尿的模樣，就算跛了一隻腳也無礙他褻瀆公物的決心。香港的教育制度不太完善，忘了教育我們隨地撒尿也算是顛覆國家的一環。不過你看教育局局長那副模樣，這也不能全怪在我們頭上。

一個蘇聯冷戰笑話：拉賓諾維奇要去三個城市出差：華沙、布拉格、巴黎。華沙和布拉格是蘇聯控制的。他到了華沙後給單位發了一封電報：「自由的華沙萬歲！拉賓諾維奇敬上。」他到了布拉格，又給單位發了一封電報，寫著：「自由的布拉格萬歲！拉賓諾維奇敬上。」最後他到了巴黎，給單位發了一封電報，寫著：「巴黎萬歲！自由的拉賓諾維奇敬上。」

日本萬歲，澳洲萬歲，台北萬歲。

以上論點啟發自香港公共圖書館二〇一九年的書籍借閱排行榜，在非小說類中，排名依次為《大阪．京都》、《東京食玩買終極天書》、《九州達人天書》、《東京》、《九州》、第二本《九州》、《北海道達人天書》、《京阪神 關西》、《澳洲王》、《台北 九份 淡水 基隆 宜蘭食玩買終極天書》。

日本是一種形而上，澳洲與台北也緊隨於後。全地球都是香港人的後花園，從抗爭前就是這樣，抗爭後也許會換成移民天書，換個書名就好了。

台北九份淡水基隆宜蘭終極移民天書，買一送一，買大送小。

現在想到過往的旅行上癮，仍然會感到不可思議。你得早幾個小時趕去機場，跟幾千個人一起排隊，在離境大堂浪費一小時，擠上像巴士一樣窄的機艙，途中不能亂動免得騷擾鄰座，大部分時間都不敢上廁所，全程禁煙，通過不穩定的氣流，下飛機後又得再排幾次隊，然後找方法回到旅店。

而香港人會覺得這比日常生活好。

有人說是因為在異國能看到日常風景裡沒有的東西，在城市裡抬頭甚至看不見天際線。於是疫情封關時，大多香港人選擇往郊外跑，去爬山或露營。窮則變，馬修最近搞了個網店專賣露營產品，賺了個盤滿缽滿，見人就講恭喜發財。

如今我連在台灣環島都累得要死要活，西邊全是雞屎味，東邊全是豬屎味。偶爾會想到去塔門看到一堆牛屎就感到開心的香港人，是不是不太明白屎就是屎，沒甚麼浪漫可言。

我已經累了，過了可以待在歐洲大半個月的年紀，過了下班後還能追飛機的青春歲月。

英國的奈波爾說，旅行現在對他來說變得越來越困難，問題是，他不能去了一個地方卻不就它寫點東西。他會覺得自己錯失了那一份經歷。

寫作之難，我連跟廷璋去那家大阪酒吧都寫下來了。

希望他病發回去時沒被那個日本仔吵死。

不斷往回憶深處挖掘的人是自由的嗎？相信不斷往外旅行才能心滿意足的人沒資格批判他們。

英國的奈波爾說，「如果你跟我一樣，並不了解你出生地的歷史，也沒人告訴你這段實際上並不存在，或者只存在於檔案中的歷史，當你這樣來到世界上，你就必須了解你的故鄉。這樣要花很多時間，你也沒法直接去書寫世界，彷彿一切都渾然天成，一切都已然給了你。」

我有說過要來嗎？

了解你的故鄉違反國安法並串謀顛覆國家政權。香港並不存在，它自古以來都是神聖不可分割的一部分。你書寫關於香港的文章時，有沒有想過要為外地讀者帶來甚麼香港特色？

自由的香港萬歲！拉賓諾維奇敬上。

阿傑、馬修和柯梓都說想移民來台灣，也許搞搞生意或是讀個書也好。我都懶得回答他們，如果全部想移民台灣的人我都得回應一次的話，我應該搞個二十四小時熱線電話，或者開個 Patreon 賺賺錢。不過早就有人做了，只要你想到能賺錢的東西，一早就有人先行出發。

「香港！」

我的祖父輩從中國移民到香港，到了我們這一輩就移民他方。生命是一連串的遷移，中間插了一個名為香港的廣告。有些人信以為真，並為此丟了生命。由此可證，香港這個名字違反了商品說明條例，這個地方提供的所有東西都涉嫌虛假商品說明、具誤導性或不完整的資料、作虛假標記和錯誤陳述。

原來商品說明條例與國安法是對立的，如果香港變得更好就犯了國安法，如果嚴格執行國安法香港又違反商品說明條例。

自由的香港萬歲！拉賓諾維奇敬上。

關於香港，廷璋說：我有說過要來嗎？

英國的奈波爾說，當你這樣來到世界上，你就必須了解你的故鄉。我有要了解我的故鄉嗎？我連自己的曾祖父什麼名字都不知道，相信這城市裡也沒有幾個人知道自己的血源通往何方。籍貫是個空洞的能指，所指向的地方跟外太空差不多。

法國的昆德拉說，他的家在他的步履中，在他的腳步裡，在他的旅程之中。

巴黎萬歲！自由的米蘭．昆德拉敬上。

都是一些很樂觀的人，由於樂觀與某種程度上的瘋狂，作家們能在文學史上留名，並把自己的幸運當成普遍性的法則。每當我自己感到樂觀的時候，我都會在心裡對自己說，想想手足，想想議員朋友，想想廷璋，想想更多香港人。由於不太樂觀又不夠瘋狂，以及要面對國安法審查的理性，我連寫這篇文章都得小心翼翼。

我很擅長毀掉自己的心情，如果你還沒看出來，我幫你做個提醒。

廷璋從隔離旅館遷移到醫院去，在閉眼睜眼之間，來回穿梭十八個國家，五百一十七個喝醉的夜晚，二千一百三十六次迷路，四千三百二十三次抽煙休息。每當回到現實世界時，他總凝視著窗戶，如同在澳洲的八千呎高空往下凝望。他總是想，如果當天他沒有開傘會怎樣？把一切都結束掉會不會比較健康？

而教練就在身後替他開傘了。

人無法控制夢境，如同他無法控制人生。香港人選擇旅行，選擇京阪神東京食玩買。台灣人選擇《花草茶68款》、《冷製蛋糕》與《擬定金融科技最佳優勢策略》。以上資訊來自國立臺灣圖書館館藏借閱統計與借閱非文學類排行榜。

我累了，已經過了要做一堆事前準備才能享受生活的年紀了。時間寶貴。

生活最好是一條筆直往右的紅線，充滿高潮，沒有開端與結束，只有高潮。大部分時間想要移民後還被當作是香港人，想有複數以上只對自己忠貞的伴侶，想不被人針對的同時隨意辱罵別人，想瞧不起地球上除了貓以外的任何一種生物。其餘的時間，我們就等待便宜機票與優惠，時間一到就出發前往機場跟幾千個人一起排隊，在離境大堂浪費一小時，再擠上像客運一樣窄的機艙，在ＩＧ打卡時還覺得自己好特別。

法國的昆德拉說，他要活著只能從一個夢到另一個夢，從一個旅程到另一個旅程，如果他在同樣的背景裡待太久就會死去。而這種生活美得如旅行的邀約，美得像上帝的寬恕，美得像死了一個警察。

死了一個警察有甚麼好美的，昆德拉就是個抒情家，看屎落入化糞池都能熱淚盈眶。如果看見自己的朋友被橡膠子彈射中，咳出血塊，被便衣圍毆，患上旅行上癮症，被捕時，他會說些甚麼？

他會說：真實的生活在他方。

真實的生活是被時代的睪丸壓著臉，真實的生活是管好你自己的事，真實的生活是待會見。真實的生活是，所有人都插在冰水裡。

12.

我平常休息時會看些日本綜藝，其中印象最深的是《跟拍到你家》，節目製作人兼攝影師會在末班車時間過後的地鐵站外隨機搭訕男女，他表示願意幫忙付計程車車資，並詢問對方可否讓他跟拍回家並做個訪問。這套路非常熟悉，跟尾行痴漢系列如出一轍。其真實性使人起疑，但戲劇性可以消弭一切。這就是藝術上的他方。

製作人會從玄關開始拍攝受訪者的家，開始是鞋櫃與裝飾物，然後進入客廳與房間，拍攝他們的擺設與冰箱，並問對象的生活故事與為何住在那裡。在看這個節目時，會覺得每個平凡人都拖著幾千公斤重的故事，獨居男女、與子女失去聯絡的退休老人、再婚之人、單親媽媽。

所有人都被時代與都市壓迫得體無完膚，我那個從空少轉行當Ubereats外送員的朋友也很適合成為這節目的受訪對象。

這個節目最精彩的是，當製作人最後問及受訪者最近想要完成的目標，抑或問及他們的夢想時，他們總是可以立即給出一個答案。不是賺錢，買樓，去旅行之類的港式答案，而是學好一門手藝，或是向家人再見並且道歉，或是與朋友們一同創業等等。那時他們雙眼發光，彷彿趕不及末班車的疲憊全被一掃而空。

一個陪酒的棕髮少女從小就被霸凌，她的母親患有精神疾病，父親因為壓力動不動就家暴她們。後來，她被送進了兒童收容所，十八歲重獲自由後不知該往何處去，就跑到東京陪酒。而她的家裡還放著小時候在收容所存下來的玩偶，當她說到這些時，眼神一片黯淡。但當製作人問到她的夢想時，彷彿一陣電流穿過，身體散發出恆星般的熱量，她說，一定要考上公務員，然後回到兒童收容所，幫助更多與自己有相同境遇的孩子。她說到當初照顧她的護士，「如果沒有她我可能早就死了吧。我想成為像她這樣的人，好好守護孩子。」為了這個夢想，她的房間裡長期放著一瓶黑色染髮劑，當她能回復正常的工作時，就染回去。

日本的天空澄藍，幾近透明，彷彿只要伸手就能敲出清脆的玻璃聲響。

中國的畢飛宇說，日本不是一個國家或民族，對於當代世界而言，日本是一種形而上。

它教會我們的是：人在遠方，留一罐黑色染髮劑比較好。

我是香港人，我不太談夢想，只談旅行。我的朋友廷璋只談旅行，把旅行當成贖罪的夢想。我有些朋友認為夢想與旅行是同等的。我的議員朋友不談旅行，只談夢想。

諸如此類。

城市到了晚上就會迸出一些雜亂無章的小世界，它們像浮肉一樣，長得非常大和快。或許存在這樣的專家，他知道這些世界全部都是相連的，無法撕開，當有巨大的壓迫從上而下，世界被踩扁時會發出非常混濁的聲音，彷彿一種無日無止的顫動，如飛機穿過一陣不穩定的氣流。

在亂流當中，無論是談夢想還是旅行，都是不被允許的。極權，疫症，革命，愛情，親情，情緒勒索，過去，現在，未來，此處，他方，內面，外面，全是禁止事項。

你書寫關於香港的文章時，想為外地讀者帶來甚麼香港特色？
我總是想：難道每個香港人都犯了國安法與串謀顛覆國家政權不成？

在遠方

為了慶祝交往第一千天，文政秘密訂了北投的溫泉飯店。五星級，水療SPA，露天風呂，訂房網站這樣寫。為了這個驚喜，他花了半個月薪水。更不用說禮物甚麼的了。然後，兩天前，交往第九百九十七天，曉芬養在老家的狗，餅乾，死掉了。相依為命，她說，從小看到大。她馬上請假坐最快的高鐵回去見牠最後一面，連掰掰都沒跟文政說。飯店來不及退費，文政下班後就坐捷運過去，車廂裡所有人的表情都像家裡死了一條狗。

曉芬兩天都沒有回他的訊息，他想她八成還在哭。她愛哭，這是她的武器。她八成抱著餅乾冰冷的遺體哭得自己滿身狗毛狗蚤。讓死屍把自己沾得滿身是毛，光是想到這個文政就不太舒服。又或者她只不過是跟家人窩在沙發上看電視，被綜藝的罐頭聲效逗得哈哈大笑，笑得忘了看手機。總而言之，她沒回。準備下捷運時，他又傳了一個貼圖過去，跟前面幾個垂直排列得整整齊齊。

從新北投站出來後他就開始爬坡，溫泉飯店區有爬不完的坡，嗅不完的硫磺味，流不完的汗。傍晚熱得像一層棉襖。汗水從前額滴落，他摘下黑框眼鏡用手背隨意抹掉。背包遮蓋著他大半個後背，讓他略矮的身材更顯萎縮，像個蠕動的陰影。爬了半個小時坡他終於抵達，飯店四周種滿樹木，讓它看似隱身在山林裡。歐式建築的入口處像個拱門高不可攀，玻璃自動門後漏出陣陣涼快的冷氣，而門旁有一個煙灰缸。一切圍繞著文政，一切，文政品味著這個詞，很想抽一根煙。一切。所有。全部。無處不在。

一個制服男人從自動門後走出來，像電影裡分開兩扉巨大玻璃的鏡頭。他堆著笑問文政，這位貴賓要辦入住手續嗎。文政連煙盒都來不及拿出來，只好點點頭。他跟著男子走到接待處，櫃檯旁放了幾個兩三層高的書櫃，幾千本書瞬間就晃花了他的雙眼。歐洲風格，自然氛圍，人文藝術，立即訂房享受超值優惠，諸如此類。

制服女子問他：「請問是幾位入住？」

文政說：「兩位。」

女子打量他幾眼，影印了他的身份證，讓他簽了個名。男子拿著房卡帶他走進電梯，在電梯裡文政低著頭，瞄著男子別在胸前的名牌，走出電梯後馬上就忘了他的名字。男子領他走進房間，打開了燈，並走進浴室給他介紹設施。文政留意到他還穿著皮鞋，於是他一直盯著鞋看，就像聲音是從鞋尖傳來那樣。

鞋尖說著：電視。電話。收音機。溫泉水採用北投白磺泉的精華。泡澡時建議飲用瓶裝礦泉水補充身體流失的水分。請勿浸泡超過半小時。文政說：謝謝。皮鞋穿上就走出去，門關起來。文政連他的相貌都忘了，滿腦子都是骯髒的細菌。

他左腳踩著右腳鞋根脫下鞋子，再踩左腳脫掉另外那隻，然後用力踢到一邊，像在打掃灰塵。他左右互踩脫掉襪子，把背包甩到床上，跪在床邊，一頭栽進潔白柔軟的棉被裡，眼鏡有點變形。他發出低沉痛苦的呻吟，像頭黝黑野獸。其後他脫掉上衣，勾著眼鏡一同扯掉拋開。冷氣吹在後背的汗上變得更冷了。最後，壓在棉被裡的聲音悶悶響起，他說，好吧。就站起來，把鞋子擺正，將沾滿汗臭的衣服和襪子收到污衣袋中，戴好眼鏡坐到沙發上。就好像曉芬在房間暗處噘著嘴凝視著他似的。

他看了看手機，沒有訊息通知。他就把通知音效打開，螢幕上出現了一個喇叭符號，蓋住了背景幾顆飄浮在宇宙的行星。曉芬的手機背景盡是些貓貓狗狗。他沒問她家裡養了一條狗卻用其他狗當手機背景算不算不忠，他自己也不只熱愛一顆星球。有時他們下班回家後沒有力氣說話，只能癱在沙發上埋在手機裡各滑各的。他看了一連串火箭升空，她看著刺蝟在籠裡爬來爬去。手機沒電的警示彈出來兩次。文政說，妳不想吃點東西嗎？曉芬說，為甚麼用反問句？你自己不叫點東西來吃？

文政到浴室洗臉，順便刷了個牙，這是他對一切事情的解決方法。他把爬了半小時陡坡的面油口臭全部除掉。用浴巾擦乾臉後回到床上，沒有訊息。太空仍是荒涼一片。他又再站起來想去研究溫泉水，才剛走進浴室，手機就在床上叮咚一聲。文政就想馬上轉身衝回去，但還是慢悠悠地站直身子，緩步走回床邊，把手機拿起來翻成正面。訊息卻是子朗傳來的：「今晚要去？」

文政說：「不了。」

子朗馬上已讀：「今晚有新的小姐，去嘛？」

文政說：「真的不了。」

子朗是他的大學好友，畢業後還是三不五時約出來吃飯喝酒，算是那種在大學過後友誼之線沒被社會切斷的少數人。只是無論當時如何熟悉，他人都會在自己不知道的角度變幻成別的形狀。兩星期前的一晚，文政心煩意亂，待曉芬睡著後問子朗有沒有空。

子朗問：「又吵架？」

文政說：「不太算是。」

子朗說：「帶你去個好地方。」

那晚，當文政跟著子朗走上三層樓梯，推開小木門進入一個昏暗大廳時，才發現那裡不是酒吧。他沒想到子朗會帶他來這種地方。子朗駕輕就熟地走向櫃檯，與一臉濃妝的媽媽桑閒話家常。她看起來已經五十多，與他對上眼神時，風騷地拋了個媚眼。文政感到自己的雞皮疙瘩從頭頂開始蔓延，一路直到腳底。她吃吃輕笑，這又讓雞皮疙瘩梅開二度。她咬唇笑道，保證讓政哥滿意。

等了好一陣子，有個女生走進房間，燈光昏暗下文政看不清她的臉。她問，您好，替您服務可以嗎？文政看著關起來的門，看了好一陣子。然後他說：「好吧。」然後她後退一步，說要先出去準備東西，讓文政先洗個澡。洗過澡後，文政穿回衣服躺在床上，心想自己究竟是怎樣走到這一步的，他只不過是想喝點小酒，抽幾根煙，講一些在大學往事。然後女生進入房間，又替他脫光衣服，她讓他趴著，給他按摩，從上到下，其後再用嘴巴給他全身吻過一次，再把他翻過來坐著，把他的陽具吸進嘴裡。文政低頭看著，感到自己像是一團無意識的肉塊，而體內有些甚麼零件崩塌了，又有些新的甚麼滋長蔓延，如水如火，如霧如電，但最後無論那是甚麼，當血液在陽具充血到一半時還是抓不住而四逸。她的舌頭靈巧地以8字型在睪丸上滑動，他仍是沒有反應。最後，文政看著她無辜的眼神，說：「這不是妳的問題。」他只想喝酒抽煙。那晚回到家時，曉芬仍然熟睡著流口水。

他躺在潔白的溫泉飯店床上，看子朗傳來失望的貼圖。他想回一個感到抱歉的，又想自己沒甚麼需要抱歉。他又不是缺席了一場群交，也不是派對或舞會。就算真的去了，也是各自一個房間。嫖妓又不是上健身房，不需要教練和陪練，也不需要打卡。嫖妓是電子舞曲，人只需要自顧自跟著節拍快樂。只是想到這些，他又好想抽一根煙。

他從上衣開始，穿上新的褲子，襪子，最後穿回鞋子。他走到房門前，關好所有的燈，把房卡拔出來。在打開門時，房間的電話就響起了。他趕忙關門衝回去，走了兩步，又左右腳互踩脫掉鞋子。電話那頭是接待處的制服女子。他忘了她的相貌。她說，飯店的餐廳即將打烊，請問您需不需要訂餐，菜單就在電視旁的抽屜裡。

文政把話筒夾著脖子上，隨手翻了一下菜單。房卡沒插，燈一下子就熄掉了。在昏暗中他瞇著眼閱讀：日式湯麵、韓式燒肉、中國菜。他隨便點了個川菜，因為照片在暗色中看起來像狗肉。制服女子說馬上為您準備餐點。如果有需要的話，一樓的酒吧營業到凌晨一點。

點了餐後文政不好離開房間去抽煙，就把衣服重新脫掉，走去浴室研究溫泉水。他把水龍頭調成熱水，白礦泉就注入可以容納兩人的雲石浴缸。文政把小木勺拿到旁邊，想了想，又丟回水裡濺起幾星水花。白煙從泉水中裊裊升起，他估算了一下，大概還有十多分鐘才能泡進去，就插好房卡回到床上趴著。

他在 YouTube 首頁上下滑動著不知道該看甚麼，有一半是太空知識的影片，另一半是貓貓狗狗。如果曉芬在，她鐵定會看貓貓狗狗。雖然他對小動物一點興趣都沒有，但他知道那是人對於可愛的東西有需求，就努力去理解。只是他發現自己已經忘掉餅乾的模樣，儘管牠過往每次都撲進他的懷裡，弄得他滿身都是毛髮和蚤子。

以前他們還會窩在一起看影片。他會努力把影片的細節搞清楚，想知道小貓小狗為甚麼撒嬌，街訪裡的失智老人究竟想表達甚麼，就連深奧的電影都想理解透徹。但看影片的習慣不是人人相同，曉芬下班後也未必有力氣陪他聚精匯神。有時，她不專心錯過了細節時他會把影片調回去，但有次回放了四五次後她說，根本沒有必要重重覆覆看吧，很重要嗎？

水差不多注滿了，他把水龍頭關掉，繼續等他的晚餐。他打開FB，劈頭就是曉芬公司的文章。她是旅遊記者，天天在台灣到處跑，擅長把景點寫成隱世小店，食物寫成在地美食，木房子叫作人文情懷，有金屬製品就是現代氣息。文政喜歡去遠方與旅行的感覺，儘管機會不多，而她能代替他去。他能做的只有坐在金魚缸般的玻璃冷氣室裡，被四個螢幕包圍著，全是藍底白字的「歡迎光臨」。他每天看著不同人一路南下，坐上特快車往機場走去時彷彿前往一場巨大的派對。但有更多人會折返回來，走到文政面前，說自己忘了這個漏了那個。更有人說把護照漏了在廁所，請他去一格一格打開水箱檢查。有些前往渡假的家庭因為孩子胡鬧，臭著臉走進電梯消失不見；有些想用護照進行電子登機的情侶，因為伴侶笨手笨腳而大發雷霆；有些人不慎把錢包漏了在行李箱裡，只好在眾目睽睽下秀出自己的內衣褲。文政想，所有人都想享受，為了享受，不惜把心情搞得千瘡百孔。而自己只想前往遠方，再從遠方回家，但他已經再也無法提起哪怕一點力氣了。

他正想點進去看曉芬的文章，門鈴就響了。他把手機丟在床上走到門前，手機就響了。他回頭看了一看，又回頭打開了門，從制服男子手上拿了塑料袋，差點忘記說謝謝。

未接來電是夏洛蒂打來的，隨後有一條訊息：「晚上有空嗎？」她兩星期前回台灣。

他說：「我在泡溫泉。」想了想，又傳一條：「一個人。」水煮牛肉飯非常辣，文政一下子就滿頭大汗，鼻涕不受控制地流出來。他皺著眉打量紅色的辣汁。他不受控制地想著一切。

「女友呢？」她問。

「回家了。」

畫面靜默下來，文政不知道她是不是還在螢幕前，又或還在輸入訊息。他想傳個貼圖過去，又怕打斷她的輸入。他把手機放在桌上，扭開礦泉水倒進杯裡，訊息就傳來了。他把手機拿起來，右手就把水瀉到杯外。她問：「今晚去喝一杯？」

文政傳了個ok的貼圖，又說：「飯店有酒吧。」

她問他拿了飯店的地址。

大學畢業後夏洛蒂就去了美國，她邀請過文政一起過去，他不能答應。她走以後，他把身體當成單車打氣筒，起床一次，午餐後一次，睡前一次。有時晚餐後也一次。衛生紙把馬桶塞住了一次又一次，他就灌進腐蝕性清潔劑。後來他直接瞄準馬桶了事。他在Pornhub看好多白人色情影片，覺得他們的交配就像野獸，但又強忍著噁心反覆射精。夏洛蒂後來還有傳訊息給他幾次，但他不知道該說甚麼好。最後她說自己抵達美國，他已經再也沒有辦法了。

她漏了一本書在文政家，是他去她家拿的《大亨小傳》。她到他家借宿，又邀請他到她家作客。她一個人在台北住兩房一廳一衛一廚，五個書櫃全部塞滿中文英文書，他眼花繚亂。她說，期末報告在做《大亨小傳》，可以跟她一起看書和電影。他不是很懂電影為甚麼好，裡頭的李奧納多像個白痴，但大家都說是經典，他就花盡心思去看，回家還重看了兩三次。後來她邀請他到美國時，他低著頭，如若她胸前別著一個不知寫著甚麼的名牌。「每當妳提出建議的時候，」他說：「要記住，這世上不是每一個人，都有妳擁有的優勢。」

文政回到浴室裡，把腳探進浴缸，水溫已經不太燙。他就脫光衣服泡進去，不到兩分鐘水已經冷下來了。他就把木塞拔掉，等候水退去。他把小木勺扣到頭上，像個小孩般傻笑幾聲，又把木勺用力丟回水裡。它連水底都還沒碰到就浮回來。

他坐著等水流光，又扭開水龍頭。這次他不再移動，任由熱水從底下漫上來，浸泡他的底部，半身，大半身。他想，原本帶曉芬過來，是為了舒緩壓力。工作很累，相處很累，一切都很累。而假如你工作累了，廣告都這樣寫，溫泉可以洗去壓力。刺激末梢神經。加強系統機能。影響新陳代謝，血液循環，肌肉活動力。這些詞彙看起來似是而非，就像維他命藥丸，沒有人知道維他命ABCD到底是甚麼，也是每天在吃。因為這些都是好的，文政想，泡完澡一切都會轉好。好得像一盞綠光燈塔。手機在外面不斷響，但這一切也不再重要了。

他感到自己不斷縮小，閉上眼睛時，意識彷彿可以隨著疲憊離體而去。硫磺氣味跟白煙裊裊升起，充盈著他的鼻孔，眼睛，全身每個孔穴。他就像飛了起來，如若五歲那年，獨自在房間打開圖書，廣袤無垠的星辰大海。遠方存在寶藏，存在未被發現的驚喜與刺激，可以遠離隔音不善的小套房，父親夜半狂暴的咳嗽與母親無日無之的嘮叨。他總趴在床上讀，書裡的世界比他腦海裡所有的想像疊加起來都龐然。「我們所在的太陽系是什麼面貌呢？太陽系位於銀河系一隅，地球又是太陽系行星的一員。」那時的文政幻想穿上一身潔白的太空衣，走出太空船，在鋼鐵上輕飄飄地漫步。

其後七歲那年，文政戴上了眼鏡。那時他知道，近視的人除了不能當太空人，就連飛機也開不了。他漸漸忘了一切。那時家裡的電視總是停在電影台，在裡頭有人到遠方冒險戰鬥，文政又想一起參與戰鬥。他想成為白人，麥可傑克森也這樣做了，為甚麼不？但後來他又發現，光是成為白人也不代表可以去遠方冒險，更多的白人配角都只不過是待在原地被災難吞噬殆盡，慘叫起來還特別蠢。父母沒辦法給他請家教，他就夜半讀書把近視弄得越來越深，後來到了國中，英文也學不太懂，文法詞彙口說一塌胡塗，他想自己哪裡都去不了了。溫泉冷卻下來，像一汪濃稠的湯汁，像盤火鍋。他看著自己的身體，紅得像一道川菜，像將死的狗。

最後，他穿上浴袍，走到床邊。手機被一連串的通知填滿，就像一場巨大的月蝕，星球盡數黯淡。子朗說，今天那裡客滿了，想來喝酒抽煙，已經到了他家附近。夏洛蒂說，已經到了飯店門口，打了幾次電話給他都沒接，現在正坐在大堂讀書。最後是曉芬，她傳來一張照片，現在正在家裡，照片上是一個寫了「一千天快樂」的蛋糕。她問，準備了驚喜但你不在，你去哪了？

文政感到自己全身都是硫磺。他把訊息全部打開，又逐一關閉。他覺得自己身處這裡，但一切都改變不了。一切。而外頭任何一件小事，都可將他任意擺佈。他想要爆發，讓全身的孔穴都流出熔岩。在這之前，他從沒想過自殺的問題。一切就像小行星，連續撞進他的腦海。訊息通知像流星劃過。文政忽然想到，自己連煙都來不及抽一根呢。系內的星體引力互相拉扯，溫泉水流逝的聲音又咕嚕咕嚕響起了。

十九根

分手時她拿了他一盒煙，留個紀念。

但其實是十九根，她後來這樣跟我說。十九根和二十根之間的學問差距相當巨大，這樣說吧，倘若你入境香港機場時身上攜帶超過十九根香煙，便屬違法，須判定額罰款。如果你不幸長得像我這樣，過海關三不五時就被攔下來搜身的話，建議還是守法一點好。不過這些跟她分手也沒甚麼關係，她拿到十九根煙也不過是個偶然。

她的前度是個空少，每次回香港時都大搖大擺帶個幾條煙。吸煙者通常都有賭徒性格，而海關通常也不會檢查空服員。分手那晚他還穿著制服，裹著一身異國空氣與機艙除臭劑，跟她坐在他家樓下的小公園相對無言。他們就那樣隔著小石桌靜坐了十幾分鐘，有時互相瞪眼，大多時候目光就斜斜落在桌上一角。那是晚上九點，下班回家的人很少，顯得他們的靜坐抗爭一點收視都沒有。

「都淡了，」最後他說：「分手吧。」她點點頭，沒有補充。分手沒有甚麼好補充的，戀愛本身就是兩人互相補充，不補充就滾蛋，就是這樣。前度從背包裡拿出一條白色大衛杜夫拆了塑膠袋，又拆開一盒抽出一根，點燃。煙霧很濃，他把煙盒放在小石桌上。她從灰茫茫一片致癌廢氣裡探出手去握著煙盒：「留個紀念。」在那場景唯一濃郁的只有煙。

由是她今晚坐在我對面，隔著一張高腳桌，放著一黑一白兩杯啤酒。我是在交友軟體上約她的，事前沒想過要聽那麼多前度的事，不然我可能會晚點到，讓她自己對著空凳先講一輪。反正人在抱怨分手時其實不太需要聽眾，無論講甚麼都會被反駁。幸好她也不是前來尋找安慰的，那不是我的風格，我不太抵毀別人的伴侶，那會讓我受到良心譴責，狀態大減。

她在軟體上取了個英文名字，那不是本名。我早就看過她的照片了，她前陣子在FB上非常紅，寫了一篇關於中學教育的報導，傳到我主管手上時他還說：「她不怕得罪所有人嗎?」大概是在她分手後一陣子吧，後來據說她離職了，又在文學雜誌寫些小說甚麼的。我沒跟她說我也是記者，偶爾寫些亂七八糟的文化評論，對萬事萬物都貼上一個質疑的問號就能準時交稿，最好再加上一個顯得聰明的反問句——難道她不覺得在交友軟體上向陌生人放下心防講述故事是個很值得探討的文化現象嗎?——總而言之，我們在軟體上隨便聊了些貓貓狗狗，然後約在周末出來喝兩杯。一切至此非常順利，我們碰杯，一黑一白兩杯啤酒的泡沫滿溢出來，軟軟地流到桌上。

酒吧裡外有無數嘴巴在同時開闔，諾士佛臺佈滿笑聲，新年的氣氛還沒過去，於是所有人都把低能的笑話像打翻啤酒般蓋到別人頭上。我們坐在戶外，因為我要抽煙，於是得靠前聽她說話，又得靠後噴出二手煙以免弄得她一身都是煙味。像個鐘擺，漸漸地我把自己催眠了，忘記她原本在說些甚麼。她正在說：「人生就是命運向你不斷關門的過程，有時沒有穿過特定幾扉門，就會像流星一樣瓦解，或因撞上障礙爆炸。然後又由頭來過。」我假裝有在聽——難道二十多歲就自以為能悟出甚麼雞湯以外的人生哲學嗎？——她說她想換個環境，她說她想散散心，她說她喜歡文學，但她沒說還喜不喜歡前度。我也沒問。我到現在也不太知道。

啤酒都喝完了，我們又點了一杯。我捲著煙，她頗有興趣地看著我拙劣的手藝，這讓我捲得更差了，像條鬆垮垮的環保吸管。我隨便說著：「常常這樣出來嗎？」問完後又想剛剛是不是已經問過了，而我幾乎聽不見她在說甚麼，因為我正在把煙拆掉重捲一次。她的聲音有一陣沒一陣地傳來：「無論約會還是約炮，我必定要那人願意與我走一趟最遠的旅程，此前不曾試過，此後也不會有了。我要他看著我把煙抽光，看著我把煙丟到海裡，可能我會歇斯底里，在地上翻滾大哭，可能我會把他咬到流血，抑或用頭槌撞到他跌倒受傷。」我不知道她在說甚麼，但我一邊點頭一邊用口水把捲煙黏起來。這次的形狀很好，但她似乎不太想看。

啤酒來了，我灌了一口，決定不再管二手煙的事。她前度連分手時都可以抽煙了，那表示我也應該不甘人後。「所以是說，妳要帶著那盒白大衛，抽給一個旅伴看，意思是這樣嗎？」我問。她點點頭：「你要聽我說嗎？」我低著頭點煙，眼角飛快地從左到右掃瞄了一下，侍應鬼佬啤酒妹醉鬼，似乎沒有東西可以讓我從這個蠢故事裡逃脫出去，於是我把身體往後一靠，把煙往旁邊噴出：「妳說吧。」

「分手之後有個大學不斷追我的師兄來找我，」她說：「他問我有沒有後悔，其實我也不太想理他，但反正分手了就和他喝兩杯。他嘗試追我，以為有甚麼能死灰復燃，但愛情又不是排隊，有人走又有人來。我腦裡像是有一團霧飄來飄去，但一切都很慢很慢，好像甚麼都想不清楚。那時我的主管跑來說，再這樣下去就得離職。」

「我想去一趟很遠很遠的旅行，在途中一根一根地把十九根抽完。」在煙霧裡，她的棕色長髮像波浪般擺動往內，漸漸地包裹起她的話語：「我問他要不要跟我去。他想了一晚，隔天他來等我下班，給了我一張明信片。他說他不能來，但希望我可以去到遠方後寄給他。我不想欠他些甚麼，於是我給了他一根煙。」

「等等，」我說：「十九根裡其中一根？」

「嗯啊。」

「妳剛不是說要在旅途裡一根一根抽完？」

「你先聽我講完，」她把身體靠前，雙眼對著我：「但你真的想知道嗎？」

「先補點酒，」我的眼睛飄向右下方的酒單：「我先上個廁所。」

我把藏在口袋的解酒藥片塞到舌底，在尿兜前打了個尿震。

難道生活只有眼前的啤酒與遠方嗎？

簡單來說，她離職前那篇報導把中學教育從底罵到上頭，再從頭踩到落腳。受訪者是個中學文學老師，她約了他在教員室面談。書櫃上清一色余光中、鄭愁予、張曉風、龍應台，換言之就是延伸閱讀。她問學生們喜歡讀這些嗎，他說學生成就非凡；她問學生吸收的文學養份多嗎，他答學生公開試都考高分；她問學生有讀到西方現代文學嗎，他答余光中的英美文學寫得很好。於是她問，「老師，你覺得文學是甚麼？」他說，文以載道，同時文章必然要有它的真情實感，抒發作者感受與見解。她覺得好累，她送了他一根煙：「這是辭職前最後一篇稿，給你留作紀念。」他有點驚訝，但沒有拒絕，而且約了她晚上去吃飯。

當然稿子刊出後他們的關係就變得不太好，不過她說他們還是偶爾會傳傳訊息。她一點都不忌諱在我面前說著這篇報導，還用手機發給我看，這讓我唯一依仗的底牌好被抽走了。我們面前放著一黑一白兩杯調酒，是我上廁所時她點的。她喝了一口White Russian，那是伏特加、咖啡甜酒與鮮奶油混合攪拌的飲料。她說：「離職前的這篇稿我把想說的都說了。文學是虛構與遠方，文學是可以讓人心甘情願覺得『煙盒可以掉到這個海裡了』的遠方，不是教化與道德。所以去年十二月中我把房子退租，送了一根煙給房東，就背個大背包從紅磡坐上火車到北京，到莫斯科，到布拉格，到巴黎，到里斯本。我要去到歐洲的尾巴，里斯本的羅卡角，那裡是歐亞大陸的最西南點，有一個燈塔跟一個巨型的十字架，那裡的石碑寫著『陸止於此、海始於斯』。我要把抽完的煙盒丟進那裡的海裡。我不要靠飛機，我要貼著地走。」

「剩十六根嗎？」我問，手上的 Black Russian 比她的 White 少了鮮奶油。

她瞄了瞄我，眼神裡帶點笑：「知道我為甚麼點 Russian 嗎？」

「因為妳去過嗎？」

「差不多，」她說：「那你知道從香港坐到那裡要多久嗎？」

我感受到解酒藥片把我的意識似有若無地拉回來，便清醒地搖了搖頭。

香港去北京的火車自稱剛好二十四小時到達，不過通常誤點，就二十五。她躺在窄小的床上，盯著牆上隨意的一點，嘗試清空腦袋。在上層床要坐起來才能看見窗景，但下鋪有兩個北佬正在講著方言，她不想被看見和搭訕，便躲進床鋪裡。兒化音讓她的腦袋轟隆作響，那時她就很想抽煙。

那是一種奇異的煙癮，畢竟在那以前，她一根煙都沒抽過。她把白大衛拿出來看了看，嗅了嗅，想到前度在抽煙前會把煙倒過來在掌心拍幾下，好像是為了把煙絲弄得更結實。她不太懂，都一樣臭。她從十六根裡抽出一根，叼在嘴巴裡，用手機的自拍鏡頭打量了一下，又把煙放回煙盒裡，倒過來拍了幾下。其後，她在腦袋裡開始模擬自己抽煙的模樣，就像前度那般：左手拿出煙盒，用姆指推開上蓋，右手姆指食指夾一根煙出來，放進嘴巴，左手把煙收好，右手同時伸進口袋拿出火機，舉到嘴邊用姆指快速壓下，點火，把煙吸進肺裡，火機收回口袋，用右手食指和中指把煙拿下，吐氣。

她離手機充電的地方很遠，如是只好躺平，不斷重複回想前度抽煙的樣子，不知不覺坐了起來，抬頭望窗時驚覺已是滿地積雪。十二月中從南到北，樹木變得越來越禿，綠色漸漸地在視野裡淡出，到某個特定的界線後就全部枯死。很難指認出究竟是從哪條線開始毀壞，世界傾斜，一切都回不去了，她在腦海裡不斷模擬著抽煙，起薄霧的玻璃裡她的模樣倒映在雪地裡，像幽靈的臉。煙癮幽靈。車廂很暖，暖氣開到二十七度讓人唇乾舌燥，她把臉貼到冰涼的窗戶上，看風景往更蒼涼的地方流逝，直到北京。在她腦海的模擬裡，每抽一口動作就更純熟一點，到下車時，她的動作已經跟他差不多熟練。

下車後她馬上走到車站一角抽煙，十二月的北京對南方人來說寒徹心扉，她穿一件長至小腿的羽絨，那是為了前往西伯利亞而買的，怎料在北京已差點敗陣。其實也只不過零下五度，她脫下手套用打火機，碰巧一陣寒風捲過，怎弄都點不著，連手也開始僵硬。

於是她閉上眼睛，在腦海裡重演著反覆模擬了無數次的抽煙模樣。她把所有動作分解開來，放慢執行，把煙遞到嘴邊，緩慢地點火。漸漸地，車站安靜下來，北京安靜下來，一切變得如同慢動作，在第一縷煙被卷進口腔又在鼻孔裡逸散出來時，就連國家也安靜下來，天氣也不再發出聲響。整片大陸變成一張畫布，由她從南到北，從東到西畫出一條紅色的折線。雪花無聲無息地落到她的肩上，融化開來。她緩緩地變得溫熱，熾亮，帶著在南方討論文學時的神采。

「陸止於此、海始於斯。」她說，把身體靠前，定定地看我。

「十五根，」我把捲煙叼進嘴巴，然後靠前點煙：「然後呢？」

K19號列車從北京出發，終點是莫斯科，是全球里程最長的火車路線的一段。北京時間星期六晚十一點發車，莫斯科時間星期五中午到達。那是非常魔幻的情境，她走進的這個艙房將會帶著她走往越來越冷的地方，然後在某處開始回暖，最後在幾千公里外的異域把她丟下來，舉目所及無一熟悉。而她由始至終，在車廂裡的體感溫度都是暖氣帶來的二十幾度。那像是有些隱蔽之物停滯了，被遺棄了，中途抽換，疊疊樂裡抽走的木條，到最後轟然倒塌才知道事情早就準備好腐朽。

火車緩緩開出，從夜到日，在蒼茫的北國風景裡樹木全剩枯枝，如天線如煙蒂隨意亂插。她凝視著窗外，其實毫無焦點，有甚麼滑過眼睛就看甚麼。這趟列車全然寂靜，整個車卡都沒有乘客，只有兩個胖胖的俄國乘務員大媽。大媽們看見她孤身一人前往莫斯科也是有點詫異，於是送她一包餅乾，中國製的。她不知道怎樣用俄語說謝謝，於是說了 thank you，然後覺得還是說普通話謝謝還比較可能聽得懂。再過一晚，火車駛出東北，凌晨經過滿州里後就要準備出境。到西伯利亞，到更遠的地方。

「那你在火車裡都做甚麼？」我問。已經喝完了，我們又補了兩杯 Russian。

「先說不能做甚麼。」她說，喝了一口我的 Black Russian：「車裡沒有浴室，所以不能洗澡。洗手盆的水流很弱，所以連刷牙都有困難。至於下車看風景的前提條件是要看得懂用俄文寫的時刻表，那張表最難解的地方不是俄文，而是從北京去莫斯科中間有五六個時區，每過幾個車站就會換一次。所以我不知道甚麼時候才會停站，早一小時晚一小時都是運氣。」

我拿起她喝過的 Black Russian 喝了一口，感到身體裡有哪裡正在熱了起來。我往後靠著，點起一根煙，開始聽不太見她在說甚麼。

每次停站時她都會下車抽一根白大衛，然後東看西看差不多的雪原後回到車上。至於在車上時，她都一直瞪著窗外的雪原看。零下三十度的風景高速流逝，而她的臉孔飄在上面，像一張低清的浮水印。漸漸地，她的視線聚焦在自己的臉上，從鼻尖開始有一波漣漪散發出來，擴散覆蓋了整張臉。倒映中的她向車內的她眨了眨眼，其後左手拿出煙盒，用姆指推開上蓋，右手姆指食指夾一根煙出來，放進嘴巴，左手把煙收好，右手同時伸進口袋拿出火機，舉到嘴邊用姆指快速壓下，點火，把煙吸進肺裡，火機收回口袋，用右手食指和中指把煙拿下，吐氣。一次又一次，一次又一次，白大衛像是取之不竭般，讓她反覆模擬著，幾乎隨著煙飄了起來。

於是，在一站一站過去以後，下車抽煙的快感漸漸消退了，到中途時甚至不及在倒映裡模擬的十分之一。她決定把動作切分得更小更小，從手指的弧度，點煙的速度，吸煙的力度，一個接一個地修正調整。當白大衛伸進嘴巴和拉出來時，每個帶著細微差異的動作疊加起來，讓她舒暢得幾乎能在雪原裡看到天堂的光暈。

在那光暈裡，她回到了當初的夜晚情境。晚上九點，下班回家的人很少，他們隔著小石桌靜坐了十幾分鐘，有時互相瞪眼，大多時候目光就斜斜落在桌上一角。「都淡了，分手吧。」他說。她點點頭。他從背包裡拿出一條白大衛拆了塑膠袋，又拆開一盒抽出一根，點燃。煙霧很濃，他把煙盒放在小石桌上。她握著煙盒：「留個紀念。」在那場景唯一濃郁的只有煙。然後，她把動作倒帶回去，重演一次，再重演一次，在雪原上飄起的煙霧不曾減退，疊加起來甚至吞噬了她的臉。在蒼茫的北國風景裡樹木全剩枯枝，如天線如煙蒂，支撐著她的敘事，每重複一次時，她的身體就更輕盈了一點。

在某次飄飛起來時，她忽然收到訊息，手機的震動幾乎把她在雪原上的臉撕得粉碎。是中學老師傳來問好。她想，他應該開始放聖誕假了，他問她辭職後如何，要不要出來吃個飯聊聊天。她看著窗外一片漆黑的農村，人煙罕至，夜色彷彿頭紗，將一切都隔得非常非常遙遠，幾乎可以輕易切分為兩個世界，孤獨與喧囂，溫柔與暴烈，美麗與哀愁，所以，她問：「那根煙你抽了嗎？」

他說：「我不抽煙。」

她就封鎖了他。明天，她將前往更遠的異域，亦將重演得更為深邃。邊境之後將是更廣袤的死寂，深邃的內面亦是更沉默的死寂。而死寂的內面是遠方。但遠方還在遠方。

她最後還是成功破譯了那張俄語時刻表，原來有一欄寫了各站停靠的分鐘，十二分鐘廿七分鐘等等，只要比對成功就能知道自己在哪，還能把握時間下車抽煙。在等候下車時，她看著窗中的倒影重複著動作，但這時候已經沒有辦法拆解得更精緻了，她感到自己飄飛到一半時被踩了剎車。於是，她開始讓倒影的自己轉動起來，像模型般旋轉地重演著當時的情境：她筆直伸出右手，一把抓著桌上的白大衛，盒子被手指按得有點凹陷：「留個紀念。」煙霧濃罩著整個場景，她回到原位，再從另一個角度看著自己伸出右手：「留個紀念。」

我伸出了右手，向侍應點了一杯Old Fashioned，她點了一杯Sangria。侍應還沒離開她就繼續說下去。我有點聽不清楚她在說甚麼，這裡一切都非常嘈吵，人們的聲音此起彼伏，新年明明已經過了好幾天，他們開心得就像假的一樣。難道他們都沒有憂慮的事情不成？我看著她的嘴唇一開一闔，有些聲音滿了出來，又被煙霧隔開了。她好像失去了邊界的地域，像啤酒泡滿瀉了一地。

「剩多少根煙了？」我問。

「喔。」她頓了一頓：「我快到莫斯科了。」

「快抽完了嗎？」

「也剩不多了。」

「那你怎麼撐到里斯本？」

「說這個之前，」她說：「我得說說那個大學師兄。」

那時大學師兄傳訊給她說聖誕快樂，她才驚覺節日已到。她的時區尚在十二月二十四黃昏，但她猜香港的大家應該也在逛街，抑或狂歡，如果是一個人的話，應該會打機吧，也可能看電影。而她自己只剩一部手機，一段不愛的人傳來的訊息；一張明信片，上面連地址都沒有寫；一盒前度的煙，一點都不好抽。至於自身，一具四天沒洗的軀體。除此以外，只有雪地與虛無。她跟他說：「請你還是放棄吧。」然後鎖起車廂。

「然後自慰。」

「吓？」

「你不是想聽之後的事嗎？」

「不是，我想聽的是……」我下意識看她的酒杯，已經空了。然後我看著自己的酒杯，發覺也早就喝完了。

時間出錯了。

解酒藥片出錯了。

接下來她到了貝加爾湖、到新西伯利亞、一堆甚麼斯基斯克爾夫，她反覆在腦海裡模擬著抽煙，以及自慰，每隔幾站就下車抽煙，零下二十度冷得發抖。四五天沒洗澡的身體彷彿魚罐頭。她問我知不知道那是甚麼味道，我的腦海裡仍然一片混亂。

「在這一切過後要讓自己舒服。」她說：「一切舒服的事，都可以在腥臭與骯髒裡萃取。」

她對著窗外模擬的吸煙跟分手情境，把兩根手指伸進自己，到了第五天氣味已是無法忍受，她心想，其實俄國乘務員大嬸會不會嗅出來？但當她算好時間，下車用那兩根手指挾著煙抽時，那混合升起的氣味已經作出預告：遠方要到了。

「終於啊，」我說：「還剩多少根煙？」

她白我一眼：「急甚麼急？」

我說：「都十天了吧，妳也沒說清楚。」

「不如下次再說，」她嘻嘻笑著：「我有點醉了。」

我拿出最後的理智說：「不如找個地方休息一下吧。」

於是我們結帳，到了附近的時鐘酒店。她坐在床上，把包包丟到地板，看著我說：「先讓我把故事說完。」我說好啊，坐到床上摟著她，她的頭靠著我的肩膀。從莫斯科出發到里斯本，下一站是白俄羅斯。她在莫斯科做得最高興的事是洗澡，自出生以來也不會連續六天不洗澡。她把手指甲洗得一乾二淨。過了兩天就出發。她有抽煙嗎？我不打斷她了，已經到了酒店，故事的交換儀式即將完成。而她說，從莫斯科下午出發去白俄羅斯的火車很快，大概晚上十點多進入白俄首都明斯克。

這時候，有海關上車檢查護照，而她發現自己沒有辦到簽證。她望著要求她下車的海關，倔強地辯解香港護照可以無證進入白俄，但海關似乎熟讀規條，吐出一個單字：Airport。語言的指涉不斷膨脹，意思是，香港去白俄只有首都陸路免簽。她只好下車，夜空飄雪，三個男海關兇神惡煞，一身軍服，看著她莫名奇妙地跟他們一同站在吉普車前。她問自己，白俄羅斯究竟在哪？總統是誰？有戰亂嗎？值得嗎？幾個海關看著她，問道：where？她說 Hong Kong。他們哦了一聲，忽然解除殺氣，擠眉弄眼，說：Jackie Chan，Sushi，Sake！她強忍笑意與屈辱，決定與這幾個英語不好但看似善意的海關打好關係。

於是她把煙分給他們抽，他們欣然答應。對話無多，語言無法包裹裂縫，此時唯有煙霧是平滑的，香煙是世上最優秀的翻譯家。在冰天雪地裡，在距離香港八千公里的凍土上，當關卡與關卡林立，語言與語言翻滾，回憶被取走分食，環顧四周之物無一熟悉，彷彿外星，在太空站裡對著外星系的動線勉強拼圖，勉強指認：我，香港人，前往里斯本，目的是：亂拋垃圾。而這一切都能濃縮成同一個符號，一枝緩緩從尾部飄起煙霧的軟筒，包裹了一切。

她自己叼了一根，海關為她點燃。這時候，她看著逐漸離她遠去的火車，像是載著她的目標離開那般，消失在視野盡頭。「陸止於此、海始於斯。」隱蔽之物停滯了，被遺棄了，中途抽換，疊疊樂裡抽走的木條，到最後轟然倒塌才知道事情早就準備好腐朽。她的倒影一路遠去，在那一剎那，她以為一切都結束了，而她即將被扣留在白俄羅斯一整輩子。

只是，在視野盡頭，她緩緩看見她的倒影回帶過來，把一切動作倒轉放映：煙霧從肺腔裡回溯，火舌吸進火機，收回口袋，左手同時把煙收進煙盒，關起蓋子。「念紀個留。」前度把鋪天蓋地的煙霧吸回肺裡，在他家樓下的小石桌前，一次又一次。她看著這整個過程，如若模型，敘事三百六十度地圍繞著它旋轉，一次又一次地倒帶重演，一次又一次。像一場暴風雪把一切都席卷進去，讓所有事情都回到原位。每個有差異的模擬重演一個接一個取消淡出，卻又疊加在最初的場景中，爆發出熾熱光芒。

她沉默了很久。我也靜待，然後低頭一看，她睡著了，睡得很熟還能聽到鼾聲緩慢逸出，打在我的肩膀上，如飄雪落地。那麼，我的故事也中斷了，至少我沒有與一個睡著的人打炮的興趣。於是我讓她躺下來，凝視她的臉，然後從口袋裡拿出煙絲斜斜歪歪地捲成一根，才發現火機漏在酒吧裡了。我拍拍口袋，決定在她的包包裡找，碰碰運氣。

她的包包很整齊，不像是一般女生像宇宙星圖包羅萬有的百寶袋，裡頭放著手機、化妝品、打火機、兩張火車時刻表，一張從香港到北京，另一張從北京到莫斯科。把手再伸進一點，摸到了一張硬卡紙，拿出來一看，是一張明信片，在背面密密麻麻地寫滿了同一個場景的描述，每寫完一次，她就寫著：「再來一次。」直到整張都被填滿。其後，在包包的底部可以摸到一個盒子，拿出來一看，那是一盒白色大衛杜夫。裡頭安安靜靜放著十九根。

我點起捲煙，把大衛放回包包底部。從嘴裡噴出來的煙告訴我，這裡就是遠方。十九根煙，剛好，可以安全過境。我躺下來，不知道該做些甚麼，於是我決定站起來，再躺下來一次。冷氣送風對準著我的頭，冷冷地吹著寒氣，幾乎把煙吹熄，也許我應該想像自己再抽一根，再抽一根，從想像的煙霧裡飄起，比真實的自己更真實。

你可以抬起頭了

三天前，或者四天前吧，廣告部的她叫我過去看上個月的廣告費。我說，我只是個記者而已。她說，沒關係。所以我想這東西誰看都可以，應該也不會太重要。她給我看電腦屏幕，一個表格，右方用紅色標示價碼，左邊是新聞標題。我裝作用心核對，事實上那些文章我都不太認得，可能有一半是我寫的吧。但她的身材很好，從斜後方瞄下去更是壯觀，洗頭水的氣味也很香。於是我說：「完美。」

她說最近預算不夠，所以下個月廣告費會變少，這不是她的責任。平常不是我來看廣告費的，但上司重病在家，打電話來交待工作時咳得超大聲，聽起來像狗吠。狗不能進辦公室，這也不是我的責任。

「上個月有幾篇表現不錯的新聞，」她說，用黃色標注了三篇新聞，有兩篇是我寫的。一個老人在家病死了，於是他的狗也餓死了，另外一篇是口罩防疫功用不合規格，剩下一篇是明星出軌。旁邊的價碼是二百，二百，五百。她說，Well Done。我說，不客氣。不客氣是職場裡最沒用的詞之一，僅次於謝謝而稍好於麻煩了。這三個詞後面都沒標價碼。

我是第一次來看這些廣告標價，儘管早知道每篇文章都有價錢，但攤在眼前看是另一種感受，有種爬到山頂看大自然的壯麗感。好像只要錢夠多，寫甚麼都能推廣出去。這樣看來寫新聞跟出詩集也差不多。之前上司自費印了本詩集，名字我忘了，第一首是這樣的：春天的月色甜得像男人的乳頭。我問他這是甚麼意思，他說這樣很前衛。現在他躺在病床上了，在疫症大流行結束後生病，很是守舊。可能因為口罩不合規格，但這不關我的事。

那篇老人的新聞是這樣的，八十八歲的阿伯早已喪偶，與一條老狗相依為命。後來患上武漢肺炎，不想打擾別人也沒錢看醫生，坐在藤椅上死去。狗則死在他的床上，大概死前仍想享受作為一家之主的感覺，我不知道，我拼貼了幾家不同報館的新聞弄成一篇，寫完傳給上司。他把武漢肺炎改成新冠肺炎，在文末加上該大廈於二〇〇一年落成，樓齡十九年，實用面積約兩百平方公尺，呎價約一萬二千元。新聞發佈後分成兩批聲浪，只看標題的給哭哭，看了內文的給生氣。那也沒甚麼意思，明天每個人都會找到全新的悲傷與憤怒。現在沒人會記得了。

她跟我說，上司不在的時候你要好好加油。她看來想結束對話，但我還想嗅她的洗頭水，也想看她的胸部。所以我站著不說話。她問，還有甚麼事嗎？我說，沒事，就站站。她問，你進來多久了？我說，我還沒進來呢。她說，當記者多久了？我說，剛畢業就入行，五年多了。我忽然生出一股想哭的感覺，不知道為甚麼，可能因為這對話的營養比食齋還低。我想把自己埋進泥土裡施肥，但又聽見一個聲音從嘴巴裡冒出來：「這幾天下班後有空嗎？我想問廣告的事。」

下班後我想理髮，於是她約了我隔天晚上，剛好是Friday night。公司禮拜六不用上班，大家都很高興，所以我也很高興。為甚麼人要把基本人權當成賞賜呢？我不知道，但被賞賜的感覺是幸福的。剛畢業那年有大學同學跟我說，他那個月準時拿到了稿費，開心得像中了頭獎。我罵他折墮，他沒有回應。過了幾分鐘他發我幾張胸部很大的日本寫真女星照片，我就給他按幾個愛心。然後也發了他幾張，他給我幾個愛心。愛心總比哭哭與生氣好，因為沒有人知道我在想甚麼。

理髮廳外面貼著告示，沒戴口罩者不得內進。疫症過去了整個月還要戴口罩，我覺得這店虛偽極了，就在外面抽了根煙再丟在門口。暗角有個穿制服的人閃出來對我說，先生，這煙頭是你丟的嗎？我用普通話問他講甚麼，他說沒事就走了。我向他背影吐了口痰。

上司打電話來的時候我躺在家裡沙發上，正猶豫要打開哪一部鹹片。實用面積兩百呎，月租九千，天花板滲水，管線老舊，隔壁養的狗整天在吠，好像每天都吃不飽。前陣子我過去猛按門鐘，兩分鐘後有個頭髮比我還長的男人戴著口罩出來應門，我覺得氣勢上輸了，就說找錯人對不起。他說，記得戴口罩啊，還塞了個給我。回家後我用那口罩擼了一管，女優沒有戴口罩，所以精液射進她的鼻子裡。我覺得這樣很好，人總需要找點生氣的理由，也要從生氣裡走出來。上司問我廣告費還好嗎，我說我看不太懂，他說，柯梓，你這個廢物，屌你老母。我問，你早就知道每篇文章都是靠廣告費才有人看的嗎？他咳了一輪，發出把肺吐出來再塞回去的聲音。我再問一次，他就咳得更用力，好像內臟得重新排列一次才能放好。我說，謝謝你，你說得是。他說，不客氣。

掛線後我看著沒打開的電視屏幕，倒影裡的我解開鈕扣的襯衣包裹著凹陷的胸膛，胸膛裡是有幸沒染上武漢肺炎的肺。但這又有甚麼意思，抽了煙的肺，患不患病都是纖維化的。拿去市場換不到一平方呎的房價。我傳了幾張女人的胸照給上司，是那個出軌明星的對象，他給我幾個愛心。

我跟她約在一間拉麵店裡，拉麵店附近有酒吧，酒吧附近有時鐘酒店。她問我想知道些甚麼，我望著她的眼睛，不知道用這麼大的眼睛在鏡子裡看著自己的胸部是怎樣的滋味。我忽然很想把她的眼睛剜下來。我說，我不知道從哪裡開始。她把視線轉移到菜單上，我生出了一種被拉麵打倒的感覺。

我說：「我當記者五年了，換過三家公司，跑過娛樂，體育，財經，文化，在這裡我跑的是時事，那不是很難，把別人的新聞抄來改改就可以了。前幾年跑文化的時候，偶然會收到朋友私訊，跟我說稿子寫得不錯。雖然我知道那不代表甚麼，但被稱讚還是快樂的。只是我從來不知道一篇稿子到社交媒體後要經歷怎樣的步驟，原來還要經過廣告費才會給人看到，那寫得好不好還重要嗎？」

她在醬油拉麵旁邊的空格打了個勾。

我把菜單拿來看，豚骨拉麵八十九，醬油拉麵七十九。我在她的勾上面再打一個，貴你十蚊，戇鳩鳩生勾勾。

她說，是的，基本上就是這樣。拉麵店的白光燈非常刺眼，讓她說話時像聖母佈道：「沒有廣告費的文章沒人能看到。」我看著她白光下閃耀的棕色長髮，生出了把它們剃光的衝動。我問，那管理全公司每篇稿的命運感覺怎樣？她說，推銷員通常都沒用過自己要賣的產品。

那晚我們躺在時鐘酒店床上，進入她前我先用百分之七十五的酒精消毒了手指兩次，她沖了十分鐘的澡，我把陽具放進她嘴巴前先確保她有刷牙，我也先用了漱口水才開工。完事過後我才想起床鋪不知道有沒有消毒。她說，算了。我想，這也沒甚麼大不了的，反正疫情已經過去。但這否定了我們一切的事前準備，我把頭埋進她的長髮，用力嗅她的香氣，突然想哭得像一顆檸檬。

她問：「怎麼了嗎？」

我說：「沒甚麼。」

「那你為甚麼要把頭伸過來？」

「為甚麼不行？」

「你做完都是這種態度嗎？」

「甚麼態度？」

她把頭側開，我像被洗頭水的氣味分娩出去。我點起一根煙，遞給她。她搖搖頭，像最初我把稿子遞給上司，他搖搖頭，嘆了口氣，意思是你這種三流貨色我看多了。我很想跟她再來一次，但那東西像條拉麵掛在碗邊。都涼了。我忽然覺得相當沒趣，於是我說：「我們交往吧。」

她看了看我的胸膛，又看了看我那裡，把煙接過去吸進肺裡，噴在我臉上。我很後悔沒有戴口罩。

我問：「舒服嗎？」
她說：「那又不代表甚麼。」

隔天，辦公室裡有人跟我說上司轉進深切治療部了。我說，怎麼了嗎。他說他也不知道。我們就回去工作。一個會在新聞末尾加上樓價的人靈魂重量有幾克？整天工作我都在想這個問題，他的職業生涯裡第一條跑的線是文化，跑文化的通常都有點瘋，從文化轉到其他線也只會加深精神病，那是種原初創傷。於是他跑去寫詩，以為可以得到治療。不知道他是看到廣告費之前還是之後才加重病情的，但那也沒甚麼意思。我又想前天沒有理髮成功，但理髮的目標已經不存在了。狗屎。我把臉埋進手裡，又想起雙手還沒消毒，就沒有貼緊，把眼鏡弄得滿是指紋。這副眼鏡就是我跟她之間的距離，決定了她看得比我遠，可以低頭打量我慘兮兮的模樣。

下班後我發訊息問候上司。我說，你好嗎？大學同學發了我幾張日本女星寫真，我就按了幾個愛心，把它們轉發給上司。過一陣子後上司回覆我了，但同時她的訊息也傳來，說再給我一次機會。我問，甚麼機會。她說，可以再問我一些廣告的事。於是我說，完美。

那晚她來了我家，做的時候旁邊的狗一直在吠，那聲音像從她嘴巴裡漏出來，搞得我全身都不舒服。於是我摘下眼鏡，把頭埋進她的頭髮裡。這讓我覺得一切都不存在，我凹塌的胸膛，她豐滿的胸部，我的下腹與陽具，她的陰部與屁股，交纏在一起的肉身與汗水都不存在，世界只剩下狗吠聲與她的洗頭水氣味。我在悲傷之中射精，她緊抱著我，但我們之間隔得像編採部與廣告部那麼遠。胸部再大又有甚麼用，她叫出來的每聲呻吟都標好了價格，我想用酒精替她消毒。但也許其實是她在為我消毒，這從最初叫我去她位置那刻已經注定了，我才是被標價兩百、三百、五百那個。完事後我打開手機，群組裡有人說上司死了，肺炎。我看著他傳給我的訊息，他的遺言是，胸部很大。

我決定在上司的葬禮前剪好頭髮。我問她有沒有推薦的髮型屋，她說幹嘛要剪頭髮。我說，換個心情。她說，真好笑。她給我她常去的髮型屋地址，我看門口沒寫著要戴口罩，這店應該是虛無主義者開的。

髮型師先把我的長髮剪短，她說反正洗完頭還是要剪掉，那就不要浪費。我把眼鏡脫掉放在桌上，朦朧之中我好像在淋一場黑色的雨，但看不清楚自己的臉。她問我怎麼想剃光，很多人想留得像你一樣長都沒辦法。我說，換個心情。她問，失戀了嗎？我算失戀嗎，沒有樓價了，卻多了個廣告費。她之後還跟我來了兩三次，昨天就沒找我了。我也沒有找她，性的熱度跟新聞差不多，過了兩天如果沒付廣告費就會忘得七七八八。

我去洗頭時忘了戴眼鏡，那樣也好，不用看到自己被剪得多慘。但幫我洗頭的妹子胸部看起來蠻大的，她穿著一件白色T袖，我看不清楚有沒有圖案，就是突起的一團。她讓我躺在洗頭椅上，然後用一張白紙蓋著我的臉，免得水濺到我臉上。我用力嗅著洗頭水的氣味，在眼前的白紙上用想像力描繪她的胸部，這是我近來做過最有創造力的事了。她問我水溫可不可以，於是我說，完美。

她先用水沖我所剩不多的頭髮，然後用洗頭水洗了一次後開始幫我按摩。我不知道洗頭還會順便按摩，有種吃拉麵送叉燒的驚喜。她用力揉著我的太陽穴，好像想要把內裡的甚麼擠出來那樣，我覺得自己像一顆巨大的暗瘡，在地球表面醜陋地突起。每個人都是地球的暗瘡，但理解到自己跟他們長得一模一樣，就使人特別無助。上司給我看他的詩時，他還朗讀了幾句：春天的月色甜得像男人的乳頭／男人的乳頭是沒有用的／我要把無用的東西塞進你的嘴巴／讓你呻吟。我沒有批評他的原因是我寫的也是差不多的東西，後面還會標上樓價。但這也不是我的責任，他已經負上責任了。

我問那洗頭妹，妳這麼用力按手指都不會痛嗎？她沒料到有人會跟她說話，支支吾吾地說，習慣就好了。她有著普通話的口音，像含著一大泡濃痰。我說，習慣也會痛啊。也不一定，找到出力的方法就好了。有人教你出力的方法嗎。我們要先訓練過才能洗頭啊。這麼麻煩。還好啦，洗頭也是很考功夫的。你洗過最髒的頭是甚麼？甚麼最髒的頭？就那些肥佬啊，老人啊，頭會不會很噁心？我想想看，應該是那些頭很多油的，試過有個人我洗了兩次頭上還是一層油，那種就沒辦法啦，有些人就是特別噁心。我看著眼前那片白紙，覺得跟我說話的是兩個胸部，正用力夾擊我的太陽穴，那種感覺讓我覺得自己已經遠離了這顆星球，回到最空曠陰暗的潮濕洞穴當中，舉目望去一切只剩下白茫茫的雪景，除了寒冷甚麼都沒有。世界是個蒼茫的雪原，上頭長滿了暗瘡。

聊了一陣子後，她問，你壓力很大嗎？我看著那張白紙，就像一張裹屍布，我完全萎縮在裡頭。為甚麼這樣問？我說。她說，我看你頭皮很敏感，應該是壓力過大。我說：不，只是因為我之前長髮。她再按了一陣後，伸手托我的後腦，我一動不動地躺著，眼前蒼茫一片，她再托了一下，我還是不動。她只好伸手撕掉我臉上的白紙，說：「你可以抬起頭了。」

我看著朦朧一片的天花板，一點東西都沒有。胸部在她的白色T衈裡，手機在我的口袋裡，漆黑的肺在我凹塌的胸膛裡，陽具在我的褲襠裡，錢包在我的口袋裡，訊息在手機裡，廣告費在每篇稿子裡。遍地都是頭髮碎絲，拼不成任何一個完整的髮型。

我像那條老狗，躺在一片冰湖上等待沒頂。但一個聲音從嘴巴裡冒出來：這幾天下班後有空嗎？

製圖

阿嵐的妻子薇希到台東出差去了，為期七天。他睡到下午起來，滑了一陣手機，再到廁所用電動牙刷把口氣除掉，然後煮了碗讚岐烏龍麵，一碗加了大半包紀文火鍋料。廚房是開放式的，回頭就能看到落地玻璃窗外十八樓的風景。下面全是別人的樓頂。優越感從來不是指看得比別人更高更遠，而是看他們的極限就在自己腳下，如果往下跳，還會在他們的天花板摔成肉醬。

以往還在香港時，建商已經把房子蓋得越來越高，人人都更想輕易地俯視別人，他跟父母住三十五樓，跟對面屋相看兩相厭。他們住在城市邊緣的新市鎮住宅區，那裡的住宅就像香爐上香般一束一束地疏落散佈。城市的邊緣從來並非郊外，而是被兩個市中心夾住疏於發展的地方。待父母賣了房子過後，就會移民過來，成為走在台北街頭不開口就看不出背景的一般黃種老人，往生命最後一哩路縱身探去，帶著口音化為塵土。不只他們，阿嵐知道，遠遠不只。現在，如果台北的招牌砸下來壓到五個人，至少有一個是香港移民。那招牌大概還會是港式燒臘，Google Maps 的評分三點二分上下，負評都是香港人留的。狗都不食。

吃剩的湯汁倒進流理台，碗隨便擱在一旁，阿嵐換上一身襯衣寬褲，再裹上在林口三井買的長身外套，帶上手機錢包鑰匙耳機原子筆跟筆記本就出門。樓下門衛跟他說有包裹，他說回來再拿。門衛疑惑地看他一眼，阿嵐不知道他聽不懂的是內容還是形式。但他們都習慣了。

常去的店離家大概一小時腳程，他總戴著耳機回想昨天讀的書。他會突然停在路邊，從大衣口袋摸出筆記本，無印良品 A6，三十頁。他會在內頁橫上一個L形，上方是好事，下方是壞事，左方是開始，右方是結束。普天下的敘事都能如此被四方框定，而阿嵐歸納一切的折線。比如《異鄉人》的莫梭，從左至右原本在中游渾渾噩噩，到轉折點時急轉直下，其後在底部微微抖動著持續下滑至死。所有故事都逃不出歸納，所有人物都有敘事弧。阿嵐已經畫了三十本筆記本，有朝一日，他會找到說故事的奧秘。

對此，薇希說：「至少他有起來做點事。」這很好地歸納了香港人。

最初，阿嵐只處理短篇小說，畫了十本左右後開始挑戰長篇。故事的折線由數個轉折變成數十個上落，人物的生命在圖表裡如心電圖抑揚。其後，他開始在一張圖中描繪數個角色，幾條線條互相交纏，織布般此起彼落。這些圖表擴散至電影、劇集，有時連詩歌也可以，阿嵐越發堅信自己抓住了文學的核心，儘管他不知道這種結構該如何命名。

有晚他們煎牛排時不慎開了大火，弄得整個房間都是油煙。薇希說這樣不行了，下樓躲一下。走到公園時，有數個夾腳拖阿伯喝著台啤談當年去美國搞生意風生水起，後來經濟不景氣，就回來買棟房子跟老婆孫子養老。阿嵐想著：「這不就是街訪時會找到的典型老頭嗎？」其後，一陣熱血如雷電轟中他的後腦，使他雙眼圓瞪，一時全身僵硬。他不斷摸索自己身上的口袋，其後只好用力以指甲在左手掌心劃上一條先揚後抑的折線。薇希問他在幹嘛。他沒回答，他沒有空檔，文學現在進行式地在他的指紋間橫征暴斂。

其餘就是三十本筆記本的事了。

從住宅走路到店大概六公里，途中能遇見有鮮明特色的人不過二十。大部份都是些都市典型，比如桃紅或薰衣草色外套的婦人，又或刺青街頭風大碼T青年。都是些輕而易舉地把整段人生掛在嘴邊的人，阿嵐就會摘下耳機，從旁紀錄他們的話，匯聚成線。其起伏跟村上春樹的都市人物類近，在華麗的修辭下貧弱如凌空的塑膠袋。阿嵐寫著，幾年幾月，地方，性別，約莫年齡，特徵，語錄。大多都是些平穩的折線，人生的線條沒辦法跟小說比，但勝在非虛構。

下午四點半，阿嵐終於到店。老闆馬哥是香港人，胖胖的身材配上一頭鬈髮，形象介乎於花師奶與貴賓犬之間。馬哥以前做設計，年中才來台灣開店，一開店就碰上香港出事，結果只好兩頭跑，跑一跑還挨了子彈瞎了左眼，決定專心在台灣養病與顧店。他自覺長得像真島吾朗或伊達政宗，但阿嵐覺得比較像隨便一個沒刷牙的海盜丑角。馬哥原本聘的員工都是台灣學徒，但後來香港人越來越多，索性換成全港班，賣些燒賣魚蛋碗仔翅，專做香港人生意。他說，這個時勢，留得住一點情懷就是一點。

所以整家店都按冰室風格裝潢，馬哥親力親為做了餐牌、地磚，買了港式的桌椅，還有看起來隨時變成血滴子的吊扇，地板鋪滿令人頭暈目眩的巴洛克瓷磚，音響放著海闊天空之類的懷舊金曲。Google Maps上的留言盡是「像去了香港的感覺」、「就像出國」等等。分數只有三點三，因為「跟香港冰室一樣難食和貴」。馬哥有次喝醉了坦承，他廚藝是在Google學的，花最多時間研究是擺盤。店的角落有個小小的沙發區，馬哥跟阿嵐和幾個香港人就在那裡聊天打屁，一坐就坐到凌晨，偶爾還會有香港人在這裡喝通宵。那時，馬哥就會在旁邊睡覺，怎麼叫都叫不醒。那些人就會一邊幫忙收拾乾淨一邊恥笑，時間到了，馬哥會自己熄機。馬哥就半夢半醒地回：呢度我地頭，關你撚事*。

常常來店的大學生Mikki說：「馬哥這裡就像一個香港村，但香港人更應該在台灣建一條香港村，至少一條香港街，讓我們移民過來的人有地方聚腳。不能只依賴線上活動，這樣沒有實感。」

呢度我地頭，關你撚事：這我的地方，關你屌事滿身刺青的作家諷刺地說：「不錯啊，香港精神，去到哪都買地買樓。買完就炒，炒撚完又買多幾棟。這樣搞下去，不到五年台灣人就恨死香港人了。」

阿嵐通常不講話，待這些人像中文公開試般面紅耳赤地講了些正反立論後，就把他們的生命製圖。有時，他錯覺自己就在畫面中央，而四周的人頭上飄起浮現出各種各樣的幽藍折線，他只要伸手一撈，整個空間的折線就能歸納成一張複雜的織布。而在二〇一九後，這些人的折線都斷崖式下插。畫了幾張後他沮喪地發現，幾乎千篇一律。但總有差異的，他堅信，一定會有轉機。只是目前看不出來。

這天他到店時，一個少年卷著腿把自己埋進沙發裡，馬哥在旁憂愁地打著電話。阿嵐在吧台叫了杯凍奶茶走到他們身旁，少年馬上驚得彈起來，惶恐地看著阿嵐。阿嵐看著他，他腳邊有個大背包，鼓鼓的看起來超過十公斤。馬哥嘆了口氣掛上電話，跟阿嵐說：這是子朗，是手足。

他來台灣幾個月了，昨晚第一次來這裡喝酒，然後回家時被偷了錢包。

阿嵐說：「我是阿嵐。」

子朗看著他，謹慎地點了點頭。

阿嵐說：「我是馬哥的朋友。」

馬哥說：「阿嵐信得過。」

子朗馬上開口，先前閉鎖的話語如若掀盤暴雨：「嵐哥你好，我是子朗，來台灣幾個月了，昨天被偷了錢包，現在來找馬哥幫忙……」

在阿嵐眼中，子朗是一條筆直往下插的直線，幾乎不加修飾，就是一路往下，幾乎到顫抖著斷裂的地步。子朗說，按周繳費的民宿剛好今天到期，他只好背著包包回到這裡求助。馬哥在幫他報警，但也不知道能怎麼辦。阿嵐說：「那讓子朗睡你家不就好了嗎？」馬哥的眉頭皺成一行川字：「就今晚不行，我約了個台妹來家看 Netflix。」阿嵐說：「沒差吧，帶子朗見見世面也好，多個人多雙筷多些花樣。」子朗瞪著他，嘴唇嚅動著好像在說講乜撚。馬哥說：「不行，手足不是condom。」

沒有頭緒之下，子朗憂卒地出去抽煙。阿嵐跟馬哥對看一眼，默默喝著凍奶茶。沉默像歷史在兩人中間畫了一條界線，發出模糊而鋒利的光影。阿嵐的思緒被切成許多小塊，他把它們重新組裝起來，像拼圖遊戲。杯子裡的冰塊被飲管攪拌得啷噹作響。待子朗回來後，阿嵐說：「今晚先睡我家吧，我們走路回去。」

說話時，他口袋裡的筆記本跟皮膚磨擦著，幾乎拉扯出火焰似的筆跡。

回到樓下時子朗已經氣喘吁吁，幾乎被背包壓垮。他問阿嵐：「你每天都走那麼遠嗎？」阿嵐說：「懷疑人生就去散步。」子朗把額頭的汗水擦掉：「就為了見香港人？」阿嵐說：「為了健康。」他從信箱裡取了包裹，門衛正專心地打著手遊，大聲放著日本妹被擊沉的嬌喘聲。包裹裡是他報考研究所的理論書，剛走路時子朗說他也在報考台灣大學，兩人馬上因聯招系統的荒謬設計而同仇敵慨起來。革命情誼總萌生於日常的狗屁倒灶中。

在客廳裡訂著晚餐時，子朗忽然問道：「雖然有些冒犯，但嵐哥你真的是香港人嗎？」

阿嵐一愣：「怎麼了嗎？」

「你有一個口音，」子朗說：「比如應該講成煙街，松山講成鬆山。」

「我有一個口音，」阿嵐說：「你以後就會懂了。」

晚餐吃了肯德基。每個城市的肯德基都不一樣，跟麥當勞不同，它是在地化的。台灣的肯德基特色是油飯，日本的肯德基賣的是節日氣氛，原產地美國是賣通便功能的，子朗說他想念香港的狂惹香燒雞。他問阿嵐最想念香港甚麼食物。阿嵐想了又想，吃雞的手停了下來，兩眼無神地望著電視的Netflix，裡頭的廚師把一條魚從中剖開，血跟內臟塗了一地。子朗說：「不用那麼認真想沒關係。」阿嵐說：「都是些藍店。」

收拾好後子朗想要抽煙，阿嵐讓他打開窗戶把上半身探出去抽，自己先把書放回房間。子朗抽完後把煙蒂彈出去，白色的小軟管迴旋著落入夜色之間，降落到不知哪人的天台。他探頭看阿嵐的房間，只見他的雙人床鋪滿了四十多本書，皺巴巴的被子被推到一旁，衣櫃開著，襪子和內褲塞滿一地。他問：「你老婆不會罵你嗎？」阿嵐說：「她又不在。」

「讀完碩士打算幹嘛？」子朗問。

「不知道，在這裡找工作吧。」阿嵐說：「你呢？」

「我也不知道。」子朗說。

「有空出來喝一杯吧。」阿嵐說：「在台北。」

子朗在沙發上睡著了，兩天的壓力把他揉成一張用過的紙，平攤在那裡任由書寫。阿嵐默默記敘：二〇一九年十二月十九日，台北中山，男，十八歲。香港人，短髮，話多，不假思索。吸煙習慣，眼神防備，口沒遮攔。「我的朋友都失蹤了」，「警犬屎眼被狗屌」。折線，緩緩上升，因失戀下降，因抗爭插水，成功流亡上升，在台北平穩上升，交到新朋友上升不少，丟失錢包插水。

阿嵐闔上筆記本，然後走到書房打開第一本。在這本的最後一頁上，他讓折線再往下爬了一小截。他每晚都會在這頁後面加上一筆，每加一筆他就想及自己的父母。他的父母是每截折線的倫理學與度量衡。家庭是他最珍貴的文學獎，讓他有足夠的資源躺在那裡思索核心結構。而他們仍在自己城市的邊緣裡，其後，他們即將搬到語言的邊緣。

語言的邊緣從來並非詞窮，語言的邊緣是被兩個中心夾著的剝落狀態。

「我有一個口音，」阿嵐寫道：「我的口音不是我的。」

阿嵐睡到下午起床，滑了一陣手機，走出房門時才想起家裡還有一個人。子朗正把身體探出窗外抽煙，只剩一截屁股在屋中。阿嵐去刷牙時聽見他說：「馬哥說警察找到我的錢包了。」於是他們就坐計程車去派出所，做了筆錄後順利拿回錢包，裡頭提款卡跟身份證還在，但現金全部沒了。可是子朗忘了自己究竟是喝酒花光還是後來被偷的。

做完筆錄後，年輕的警察友善地說：「你中文講得不錯。」子朗問：「中文？」警察說：「對，你的中文很好喔。」

「廣東話也是中文。」離開時子朗說，用廣東話補上一句：「死黑警。」

阿嵐回頭看了看，幸好警察聽不懂。子朗說：「ACAB。」阿嵐趕忙拉他走：「不要那麼氣，去喝酒。」

回到店時馬哥正在跟大學生Mikki聊天，子朗過去問了些升大學的事，問了問談了一陣他們就決定去西門喝酒，年輕人就是坐言起行。阿嵐默默在心裡為他的折線畫了一截往上的線。馬哥愁眉苦臉，阿嵐問他怎麼了，他說昨晚的台妹堅持一定要喊「猴賽雷」，喊到他都軟了。阿嵐說他跟薇希都講國語，算是廣東話跟台語的中間點，一種節衷，一種納許平衡。

「廣東話算中文嗎？」阿嵐問。

「關我撚事。」馬哥惡狠狠地說：「關你撚事。」

今天是周五，阿嵐晚上留下來喝酒。有些香港人下班後會特地過來篤兩串魚蛋燒賣再去別的地方續攤，無論是誰馬哥都能聊上幾句。在阿嵐眼中，他們都是些模糊的折線，單憑三言兩語沒有辦法歸納。他想及最初只能為子朗畫一條六十度往下的直線，後來又複雜了許多。也許目前只不過是一項巨大計劃的開端，但他仍未摸索到前進的方法。

晚上九點多子朗跟Mikki就回來了，西門塞滿了人，沒預約的話根本沒地方可以喝酒。「還是這裡好，」Mikki說：「香港人最好了。」阿嵐揚起眉毛。馬哥把青島一飲而盡。Mikki說：「馬哥，弄一條香港村吧，你當村長。」馬哥叫店員拿兩個杯子和青島來：「吃吃喝喝不就好了嗎。」Mikki說：「人來到世上就是為了互相幫助。」馬哥說：「聽起來不像香港人說的話。」她說：「現在聽起來像了。」

由於沒吃午餐，只匆匆咬了幾顆魚蛋燒賣，阿嵐喝酒後感到自己飄浮在店的半空。在懷舊音樂與吊扇之間如一張原稿紙，被謄寫了一身歌詞，原諒我這一生不羈放縱愛自由，是無力或有心像謎像戲，一天想想到歸去但已晚，他朝倆忘煙水裡。他坐在那裡，感受音樂通過了他，歌詞通過了他，並動身出發抵達不知何方。也許就只是一門之隔，但他已不想離去。懷舊金曲如一條條折線寄居在耳窩中，編織成漁網想打撈起真實或虛構的記憶。他宛如回到八〇年代，一個他沒有親歷過的黃金時代。一個時代被稱為黃金並非因為它金璧輝煌，而是因為它是走下坡的開始，但即使噩夢卻仍然綺麗。其後，親歷過的老人們到處搞砸一切，一切都頹傾了，沒有甚麼留了下來。每當因為老人感到沮喪時，阿嵐總想，幸好世上比他老的人只會更少，不會更多了。但他只能待在這裡，空腹喝著有口音的酒，畫過度簡化的圖，用這些折線重新發明輪子，在邊緣摸索本源，在他鄉挖掘原鄉。

「聽夠了嗎？」馬哥問。阿嵐看了看周圍，子朗跟 Mikki 早就走了，店裡只剩兩三個店員在收拾整理。他看了看手機，凌晨一點。「不夠。」他說。

「不夠也得夠。」阿嵐揉了揉眼睛，眼眶在發熱。

「世界就是這樣。」馬哥說。

「怎樣？」

「不夠也得夠。」

「人是靠著不夠的慾望活下去的吧。」

「毒販跟賭仔也是這樣說的，」馬哥說：「回去吧。」

回家時阿嵐看見昨天跟子朗吃剩的炸雞，在房間裡悶著沒散的煙味，如夢般刺激他的酒醉。他打開冰箱，拿出一罐啤酒，回書房盯著自己的圖表往下的折線。薇希明天就回家了，他握著筆，不知該讓它往上還是往下。

隔年夏天，馬哥約了一次露營。阿嵐拒絕了，怕武漢肺炎。他每天在家跟薇希待在一起，製圖已經一百多本。疫情期間他描繪的都是小說，越畫越知道故事也不過是在相似的折線上添磚弄瓦，於是後來他轉向研究語言。對此，薇希沒甚麼意見，畢竟他考上研究所了。讀書就是這樣一回事，沒有身份時讀就是不務正業，有身份時讀就是好學不倦。

子朗考上大學，跟 Mikki 談了一陣戀愛又分手。他們都有去馬哥的露營，對他的設備和廚藝讚不絕口。由於疫情沒甚麼客人，他天天研究著料理，居然還真的搞出了點名堂。後來還開了家網店賣露營設備和港式食材冷凍包，還空運到香港賺錢，疫情期間個個都重新發現大自然，馬哥賺得眉開眼笑，見人就講恭喜發財。沒有東西能阻擋香港人的生意頭腦。

阿嵐的父母搬到台北了，在幾次大小爭吵後，阿嵐理解到語言不通實在無法同居，他爸跟樓下門衛只能用簡單語言溝通，於是後來迷上了直播每天看台妹打機來學國語，他媽每天跟些移民師奶混在一起，每晚回家分享哪些保健藥品吃完長命百歲。在研究所準備畢業時，他與薇希搬到台東買了塊地蓋房子，面朝太平洋。在搬家時，那百多本筆記本跟一箱書都不知所蹤了。新居入伙那天他大汗淋漓地站在門前，回憶著那段文學新手時期的臨摹，都彷佛是史前時期的練習，彷佛一碗湯的肉渣。如今，他已不再摸索結構，只有語言是尖銳的所在。他也沒有想過香港村或聚在一起等等的事了，對他而言，妻子，房子，大海，就是全部。

只是，在輾轉之間，曾有那麼一個夜晚，在某家新開張的書店準備打烊的疲勞時刻，店長發現門前一個紙箱。她撕開包裝，料想是某人匿名捐來的二手書，卻發現裡頭是一段殖民地走到末端的紀錄，一聲臨終的吶喊，一次硝煙卷起的暴風。她翻出內裡一百多本筆記本，整整齊齊畫滿了故事的折線。忽上忽下，如若生命本身。那天夜裡，她如若附魔般把筆記本一頁一頁撕下，雙眼通紅地黏到空白的牆壁上，一張連著一張，最後竟然一張不漏地密鋪了整面牆壁。她跌坐地上，驚惶且難以置信地看著她一手一腳搭建出來的全景，其後任由淚水流淌到下巴，滴落地面。隔天，來上班的店員發現了她，再看到牆上的製圖，深身僵硬地感到靈魂的狂暴顫動，如體內深處被傾注了一杯冰水，被內外翻轉得血肉模糊。後來，那裡聚集了成千上萬的人，他們不辭勞苦遠道而來，全為凝視這幅傳說中的惡魔製圖。

據說去到那裡的人，不問國籍出身，不論背景和學養，全都看見了自己臉孔的巨大素描。

跋

逃向多重意義

某天跟女友錄了一段影片給我家人報告近況，我講廣東話，她講國語。愛情講求分工合作，見家長都要雙語廣播。錄完後我們重看一次，由於耳邊聽的是國語，講的是廣東話，大腦反應不及，我發現自己把廣東話講得像外語，係講成蟹，實際講成實債，應該講成煙街。或許我畢業後可以去譚仔工作，勿演懶肉實小辣。

現在我只有一口不標準的國語，歪掉的廣東話，辭不達意的英文。這就是我的全部了。之前上了一個訪問分享香港人在台生活的心得，結果在 YouTube 有留言問：「這個人甚麼背景？他說話有個口音。」我想了一想，我是甚麼背景呢？這個問題複雜的地方在於，不是我要拿出甚麼背景，而是對方想要甚麼答案。就像面試。

我要回去當香港人的話，現在需要面試了。

面試是求職時最不合理的事，它以表達技法來蓋過實際工作技巧，就像分析小說時只講形式不講內容，然後在形式上當意義礦工。當然，如果現在有人拿張 checklist 來問我，你現在填填看，慢慢填，不用心急，逐個打勾看你夠不夠香港。我應該也是沒有辦法過關的。老老實實，十八區裡有些區我只去過一兩次，在油尖旺都要靠 Google Maps。至於港島，我住新界好地地不會過海。

這樣的我，寫了一本關於香港與台灣的小說。

關於面試，有一個仔細想來很奇怪的詞彙：「做自己」。它可以分為勸勉式的和讚美式的，前者比如一個人被社會或朋輩壓力弄得快崩潰了，你可以跟他說：「不用管太多，做自己就好。」後者是你看見了一個很酷的人招搖過市，你就可以說：「那個人真的很做自己。」

無論是哪個也好，這個詞都很片面。「做自己」與面試類似，它並非講求那個人是不是真的很「自我」，只是在他人的框架下比較無害的獨特。是一種可被寬容的可愛誤差，僅此而已。如果那個人再往「自己」靠一點，評價就會直接滑落成「自我中心」。當然，這裡頭最核心的問題是：甚麼是自己？人能不能自我評價說：我是一個做自己的人？

這幾年來我的生活就像不斷被拆解重組，像被沖刷，一波未平一波又起。社會的，學術的，私人的，大多時候睡醒時我會像〈為甚麼靠那麼近〉的阿嵐，驚恐地想我是誰，我在哪裡。其後打開手機，資訊湧進來把我錨定在一個座標，我就知道今天的我是誰了。日復一日。這種日子可以置換成羅蘭．巴特的一段：「語言是借人用的，像疾病或貨幣，只會在你身上通過。」這一切都只是慾望的轉移。而我在這裡，像台機器，生活與故事通過我，一日接一日地借給我，在我偶爾提得起力氣時，就提煉，打磨，抛光，寫成小說。所謂的「做自己」，以巴特的話而言就是一個被通過的漂亮驛站，它自我修建，自我改良，雖然提供額外的刺激，但仍然是為了被通過。

《煙街》是一本被通過的書，它在各個意義底下都有口音，但文學就是語言的口音。只有在這裡，我卸去面試的壓力，做得很自己。這一切首先都要感謝香港作家韓麗珠，如果沒有她為〈在裡面〉背書，就沒有這本書。都是偶然。我本沒想過這麼快出小說集，因我先是一個寫散文的人，這本書是從「我在說話」到「故事在說話」的一次轉移。感謝木馬的編輯，他知道我困在新竹還特地過來找我，後來我們邊喝邊聊交換了一堆文學狗屎爛蛋八卦，與其說是編輯比較像交了個朋友。其後我交了一堆又一堆的修改稿給他，他能忍著沒有中止合作也是樂善好施妙手仁心。不過他在我的初稿上改得最多的是把煙字換成菸字。我想了很久，最後還是統一成煙。香港地，無人食菸的，得死煙劇。你看：死菸劇，太文雅了。

感謝我的大學教授謝曉虹寫了一篇這麼精彩的推薦序，我沒敢想像第一本書能得到這樣的厚愛，尤其是我蹺了她過半的課。她援引德勒茲的少數文學，寫得幾乎把我的底牌全都翻了出來再大我五千萬，既然這樣我也不甘人後，順便補充一個小說裡的理論資源：單就這本小說集而言，我有直接截下來的不是德勒茲，而是德里達——我只有一個語言，我的語言不是我的——雖然說起來也異曲同工，兩位德 sir 互為底色與動態。感謝張亦絢對於《煙街》的好評，甚至把它連繫上了文學史／世界文學的脈絡，老實說我愧不敢當。這篇是一份創作者夢寐以求的推薦序，它以各種短如匕首的段落把我以各種技術隱藏的、輕描淡寫帶過的、又或是稱之為彩蛋的部分通通都指認出來，像雕刻般將故事的骨幹與核心再次塑形，並把焦點和手勢簡練地嵌合豎起，這是一種藝術。還有感謝插畫師柳廣成，替我畫了最懷念的酒吧街，但我最近拿著這張封面圖回香港，卻發現沒有酒友認得出來。畢竟喝酒也不代表靈魂出竅，可以變成一台居留臨下的空拍機，只有我會在回不去時用 Google Maps 開衛星模式假裝在那裡喝酒。我們在大安的咖啡廳喝酒抽煙時，我無法忘記跟他講到〈十九根〉最後的故事翻轉時，他眼底裡燃起的那一道火光。

謝謝蕭哥跟 Eliot，他們是我在台灣時兄長般的角色。《煙街》紀念的是大學時期跟我瞎搞一通的朋友們，祝你們在亂流下平安，早日重獲自由，或能回到香港。也感謝大學時期與研究所的教授們容忍我這麼「做自己」，沒有把我踢出校。特別鳴謝鄧小樺，如果沒有她，我應該還是連基本功都沒打好地亂搞一通，還錯覺自己寫得出類拔萃，既心虛又膨脹的文青氣球。她是那種把書給了你，你就知道那本書必然對你有用的選書人。特別鳴謝 Cigarettes After Sex、Nujabes 跟 Room 307，這本書的每篇文章都是從他們的音樂裡提煉搾汁出來的，每句句子都被他們的速度感塗抹過。最後感謝郡榕，沒有她就沒有煙街。各種意義上的煙街。

這八篇小說，最早寫於一九年初，最晚寫於二一年七月。其中經歷過重寫，重寫的重寫，刪除與更換，編輯與排版設計師深受其害，後來我也決定早點收手，以和為貴。我最初繳交的並不是這八篇，因為〈在裡面〉之後，我寫了些相同結構的故事。後來在《煙街》裡一篇也沒有收錄。我不想太早有被稱為風格的事物出現。以最枯燥的講法來說，阿蘭·巴迪歐說「將兩句句子連在一起的積極活動被稱為表達，而決定表達的規則就是風格，而這只可能從後往前回顧時才能看得清楚」；以不那麼枯燥的講法來說，保羅·奧斯特說他年輕時一切都會影響他，而他每過幾個月都會改變一次主意。他沒有一種自己的風格，於是他總在潛意識裡模仿崇拜的作家。綜合而言，我不認為現在從後看來我有一個原創性的聲音，就算說有也是逞強。理解了這一點後，我在《煙街》就不強求了，反正新手上路沒甚麼影響的焦慮，寫得乾爽自由更加重要。

除此以外，這兩年有太多事情穿透了我。有些留了在我體內，又有些四散逃逸——記憶、歸屬感、民族認同、僥倖感，都是借人用的，像疾病或貨幣，只會在你身上通過——「做自己」並不慣固，要伸出手去捕捉，就代表重心偏移，姿勢會變，視野也更改。但我覺得，至少也要抓著點東西來打磨，後面才能看見路。這些都是我覺得處於這個時代裡煙街要做的事。

《煙街》並不代言甚麼，不獻給誰，不是紀錄，不為誰發聲，更不是一封情書。我相信一切都是相遇，在一個稱之為文學的平面上，作者與讀者透過故事偶然相逢，互相學習與獲得了一些東西，其後離去。各人有各人的修行。謝曉虹在推薦序裡提到德勒茲的少數文學，而少數文學本身就是一場相遇，寫作的少數和不寫作的少數互相揣摩，如何更好地「做自己」，以及在建制的框架下尋找武器逃出生天。德勒茲說，寫作和不寫作的少數「互相推動，憑借著一種結合的解域化，將彼此推上了逃逸線。」某次我喝醉了跟幾個朋友勾肩搭背，忽然大發善心，認為人來到這個世界是為了讓別人感到不枉此行。

在書的最初，我引用了波蘭的朵卡萩，後面在〈亂流〉裡再度出現。〈亂流〉也引用了法國的昆德拉，他在《生活在他方》裡有這樣一段話：「我們的小說就和您一樣，它也想要當其他的小說，當它原本有可能卻沒變成的那些小說。」

願你通過煙街，抵達你想去的遠方。

煙街

作者｜沐羽
社長｜陳蕙慧
副總編輯｜戴偉傑
責任編輯｜何冠龍
行銷｜ 陳雅雯、趙鴻祐
封面設計｜朱疋
封面繪者｜柳廣成
內頁排版｜朱疋
印刷｜呈靖彩藝

讀書共和國出版集團社長｜郭重興
發行人｜曾大福
出版｜木馬文化事業股份有限公司
發行｜遠足文化事業股份有限公司
地址｜ 231 新北市新店區民權路 108-4 號 8 樓
電話｜ (02)22181417 傳真｜ (02)8667-1891
Email：service@bookrep.com.tw
郵撥帳號｜ 19588272 木馬文化事業股份有限公司
客服專線｜ 0800-221-029
法律顧問｜華洋法律事務所

初版五刷：2023 年六月
定價： 330 元

特別聲明：有關本書中的言論內容，不代表本公司/出版集團之立場與意見
Print in Taiwan 有著作權 翻印必究 ※ 如有缺頁、破損，請寄回更換

國家圖書館出版品預行編目 (CIP) 資料

煙街 / 沐羽 著 . -- 初版 . -- 新北市 : 木馬文化事業股份有限公司出版 : 遠足文化事業股份有限公司發行，2022.01
240 面 ;14.8*21 公分
ISBN 978-626-314-070-7(平裝)
857.7 110017731